U0679868

全國高等院校古籍整理研究工作委員會直接資助項目
（輯校者單位：杭州師範大學）

會秋堂集輯校

（清）宋曹 撰 劉東芹 輯校

鳳凰出版社

圖書在版編目（CIP）數據

會秋堂集輯校 / (清) 宋曹撰 ; 劉東芹輯校. -- 南京 : 鳳凰出版社, 2024.1
ISBN 978-7-5506-4050-4

Ⅰ. ①會… Ⅱ. ①宋… ②劉… Ⅲ. ①古典詩歌－詩集－中國－清代 Ⅳ. ①I222.749

中國國家版本館CIP數據核字(2023)第234396號

書　　名	會秋堂集輯校
著　　者	(清)宋　曹 撰　劉東芹 輯校
責任編輯	許　勇
裝幀設計	陳貴子
責任監製	程明嬌
出版發行	鳳凰出版社(原江蘇古籍出版社) 發行部電話025-83223462
出版社地址	江蘇省南京市中央路165號,郵編:210009
照　　排	南京凱建文化發展有限公司
印　　刷	徐州緒權印刷有限公司 江蘇省徐州市高新技術産業開發區第三工業園經緯路16號
開　　本	880毫米×1230毫米　1/32
印　　張	11
字　　數	245千字
版　　次	2024年1月第1版
印　　次	2024年1月第1次印刷
標準書號	ISBN 978-7-5506-4050-4
定　　價	88.00圓 (本書凡印裝錯誤可向承印廠調换,電話:0516-83897699)

宋曹《會秋堂集》兩種鈔本考訂（代前言）

宋曹（一六二〇——一七〇一），字邠臣，一作彬臣、份臣、斌臣，號射陵，又號射陵子、耕海潛夫、射陵逸史、湯村逸史，亦曾自署農史、淮南一老、淮陽一老、中秘舊史、淮南舊史，鹽城北宋莊（今鹽城市鹽都區大縱湖鎮）人。二十五歲時由地方官辟薦任南明弘光朝中書舍人，明亡後隱居鹽城湯村，築蔬枰養母。清初二次詔舉山林隱逸，宋曹均辭不就徵。康熙十七年舉應博學鴻儒選，亦堅謝不赴〔一〕。

作爲清初著名的書法家，宋曹的書學理論著作《書法約言》因被張潮收入《昭代叢書》而得以廣泛流傳。但其所著《會秋堂詩文集》《杜詩解》等著作却皆佚亡。所以早在道光二十二年，里人陶性堅在所輯《射州文存》中說：『射陵之《會秋堂稿》流傳海内，而板已無存，稿亦罕見。』〔二〕現存宋曹詩文散見於王豫編《江蘇詩徵》、卓爾堪輯《明末四百家遺民詩》、鄧漢儀輯《詩觀初集》、冒襄《同人集》、張潮輯《虞初新志》、陶性堅《射州文存》以及乾隆和光緒《鹽城縣志》等史料中。另外，其傳世書法作品中亦有不少自作詩文。但這些作品總數不過七八十首，且互有重複，無法全窺《會秋堂集》之全貌。光緒年間，宋曹裔孫宋惟新藏有殘本，僅有紀灾詩五十九首，卷首有尤侗、宋實穎題辭〔三〕。後惟新又苦心搜輯十數年，得詩至一百十餘首，但將謀受梓而遽卒。

我在研究宋曹書法的過程中，發現研究的難度也正在於此，所謂『巧婦難爲無米之炊』，於是搜輯其佚詩便成了我前期的重要任務。在多方走訪後，竟意外發現了兩種《會秋堂集》的輯鈔本，彌足珍貴。第一種是趙巘山先生〔四〕輯成的《會秋堂集》兩册，封面上題有『孤本』二字，卷首有王之楨、胡介二人序，毛邊紙手鈔。包括詩九卷、文二卷、附編一卷，共得詩文五百八十三首（包括宋曹友人贈和詩），可謂蔚爲大觀。除詩文外，趙先生還對詩文中涉及的人物作了一些考訂。原鈔本現藏上海圖書館。此次整理，即以趙輯本爲底本，并加以輯補。

第二種乃鹽城周夢莊先生〔五〕輯鈔本，題名爲《會秋堂詩集》，共輯録佚詩一百四十四首，無編次，藍色圓珠筆手鈔，完成於二十世紀八十年代，現藏鹽城市圖書館。周先生在序中云：『射陵爲《會秋堂詩集》傳有刻本，今未見。余於四十年前嘗搜羅其遺著，編有年譜二卷，其佚詩陸續鈔得一百數十首，但未臻完備，兹先裝訂一册，并輯其事略及移録錢塘胡介、同邑王之楨所撰之序冠於首。如是，則僅略見會秋堂詩之一斑而已。』

相較趙、周二先生之鈔本，前者當勝。不管從詩文數量，還是編次安排上，趙先生都花了相當多的精力，尤其是在卷首還附了宋曹畫像，以及宋曹楷書《自作詩》的原作照片，這是目前傳世可查的宋曹七十幾件書法作品中，唯一的楷書作品，是研究其書法風格形成不可或缺的珍貴資料。而周夢莊鈔本所收詩，於趙氏鈔本大都能獲見。兩位先生均爲鹽城同鄉，在弘揚家鄉先哲、保護地方文化遺産方面所作的無私貢獻，值得我們敬仰。

兩種鈔本所輯之詩文，洋洋大觀，無論對清代詩文研究、明遺民研究、清初藝術史等研究都極具史料價值。闕名朝鮮人撰《皇明遺民傳》、震鈞《國朝書人輯略》、鄧漢儀《詩觀初集》、《淮安府志》、《鹽城縣志》等所載傳記都提及宋曹『工詩善書』，另外《射州文存》徐燧所作序云：

> 有明之季宋射陵、王青岩兩徵君皆以高才絶學炳耀一時，顧肥遁爲高隱居尚志，雖同膺徵辟，依然高卧邱園，其文章之博大精醇，即擬之韓、柳諸大家亦無多讓。〔六〕

雖然其中褒揚的成分偏多，但也能看出宋曹在當時的文名之盛。揚州學派後期代表人物李詳〔七〕曾云：『鹽城自得縣以來，以詩人名者，宋邠臣曹、孫籜庵一致、劉水心沁區。』〔八〕丘象隨輯《淮安詩城》云：『宋曹，字份臣，鹽城人。大兵從無容膝所，築隙地如枰，種蔬自食，有蔬枰詩行世，奇奥孤遠，大有別才。』〔九〕將其列爲清初鹽城詩壇重鎮之一。另外，從詩中提及的與宋曹有交游、互相唱和的人來看，幾乎囊括了清初詩壇極具影響的重量級人物，如詩壇祭酒王士禛（一六三四—一七一一）以及紀映鍾（一六〇九—一六八一）、杜濬（一六一一—一六八七）、顧炎武（一六一三—一六八二）、孫默（一六一三—一六七八）、鄧漢儀（一六一七—一六八九)、尤侗(一六一八—一七〇三)、孫枝蔚(一六二〇—一六八七)、黄雲(一六二一—一七〇二)、陳維崧(一六二四—一六八二)、魏禧(一六二四—一六八〇)、計東(一六二五—一六七六)、朱彝尊(一六二九—一七〇九)、汪懋麟(一六三九—一六八八)、汪楫(一六三六—一六九九)、喬萊(一六四二—一六九四)、孔尚任(一六四八—一七一八)、查慎行(一六五〇—一七二七)等〔一〇〕。

從史料價值看,詩文中反應的宋曹與明遺民之間的往來也頗有研究價值,如萬壽祺(一六〇三—一六五二)、歸莊(一六一三—一六七三)、冒襄(一六一一—一六九三)、胡介(一六一五—一六六四)等。鈔本中有《同曹秋岳司農暨魏冰叔、鄧孝威、諸駿男、朱錫鬯、程穆倩、查二瞻、孫無言諸君郊園集飲,限韵二首》以及《酬曹秋岳侍郎、曹顧庵學士、孫孝則吏部》《送龔大司馬》等詩,爲清初大臣與明遺民關係研究的新鮮材料。

值得一提的是,宋曹與著名詩人吴嘉紀雖無直接交往的記録,但他們都與明新樂侯之胞弟劉文照(一六三〇—一六八七,字雪舫)有着姻親關係〔一一〕,鈔本中有多首詩是寫給劉文照的,如《贈劉雪舫》《與雪舫對坐》《贈新樂小侯劉雪舫》《答劉雪舫》《庚寅四月燕譽堂宴新樂小侯劉雪舫》。謝國楨先生早就注意到劉文照這個特殊人物,認爲他的遺聞是明史研究,特别是明末宫廷研究一個重要而可信的資料來源,王春瑜先生有《〈明史〉劉文炳傳書後》一文,對劉文照入清後活動進行了鈎沉考證。此處新材料的發現,不失爲史料上的有力補充。

由於宋曹的書法家身份，故在其詩中涉及大量的清初藝術家，如王時敏（一五九二—一六八○）、王原祁（一六四二—一七一五）、龔賢（一六一八—一六八九）、王翬（一六三二—一七一七）、程邃（一六○七—一六九二）、梅清（一六二三—一六九七）、吕潛（一六二一—一七○七）、姜宸英（一六二八—一六九九）、查士標（一六一五—一六九八）、吴山濤（一六二四—一七一○）、柳堉（一六二○—一六八九後）等。這對於研究清初藝術史的學者來説，其重要性不言而明。

但是，我們在欣喜的同時，也不能忽視兩種鈔本存在的小小瑕疵。首先，趙、周二位先生在鈔本中均未對原詩文的出處加以注明，略損其學術價值。同時，這也直接導致鈔本中出現了張冠李戴的現象。例如上海圖書館所藏的《鹽城徐氏宗譜》裏，分别收有宋曹和宋恭貽（宋曹長子）的詩文，其中收有宋恭貽所作詩十七首，均爲其在徐國旂（一六二八—？，字躍龍，號深柳）之深柳堂讀書時所作，其中包括《早春赴深柳先生招奉贈五首》《雨夜同深柳先生閲蘭亭宴集圖》《題歷代君臣圖》《丁巳七月客吴門寄深柳先生》《觀徐公一壟敬賦》等詩，詩鈔後宋恭貽作《深柳堂詩草跋》，已明之確確。曰：

深柳堂詩草何，予客深柳堂作也。乙卯春，父執徐躍龍先生招予讀書，予諸病交作，晨夕困憊，圖書雜遝壁上觀也。……既而余將如淮，計居此六十餘日，一無所著作，病也，亦惰也。束裝前一日，檢硯次零星詩稿，得五言近體數十紙，乃病體邸舍，隨事紀懷。……康熙歲次己未仲春上澣穀旦，後學宋恭貽謹識。〔一二〕

而兩種鈔本均將其附在宋曹名下，不知所據何來。鈔本中還有數首詩亦值得推敲，像《丁未南游喜顧處士（亭林）園中兩松樹，賦致主人》，而據《顧亭林先生年譜》載，丁未年（一六六七）顧炎武北游南旋至淮安，并在淮安小住，張力臣助其刻成《音學五書》，隨後又往山東，未見其回昆山寓所記載。而同時稱顧處士之蘇州遺民又有顧苓（一六九〇—一六八二，字云美，吴縣人，善隸書，精篆刻）一人，并且與宋曹好友萬年少熟識。兩種鈔本均在顧處士後注明『亭林』，不知原引文就有，還是二位先生後加。此類問題，我們在引用的時候尚需加以明辨。

由於是手鈔輯録本，難免會出現遺漏，像前面提到的《鹽城徐氏宗譜》裏就有不少宋曹所作詩文，均未見收録。隨着新資料陸續發現及公布，我們也會有繼續增補的可能，另如趙、周鈔本已收王之楨、胡介二人序，但程康莊（一六一三—一六七六，字昆侖）的《宋射陵詩序》却未見收入。另外尚需注意的是，宋曹作爲著名的書法家，在其傳世書法作品中就有不少自作詩文，這也是一筆豐富的寶藏，在筆者收集的七十幾件宋曹作品圖版中，其自作詩就有近二十首，雖然有少量鈔本已收録，但大都數可作爲《會秋堂集》的補充。除此之外，宋曹書法作品中的對聯、題跋、信札等均是有價值的史料。

〔一〕有關宋曹字號及傳記，主要參考《乾隆鹽城縣志》《光緒鹽城縣志》《大清一統志》《江南通志》《昭代名人尺牘小傳》《皇明遺民傳》《明代千遺民詩咏》等傳記資料，亦包括其傳世作品中落款與印章。

〔二〕見陶性堅編《射州文存》徐燧序，道光二十二年刊本。

〔三〕見《光緒鹽城縣志》卷十六《藝文・書目》。

〔四〕趙嶰山生卒年不詳，約活動於清末至解放前後，鹽城人。據王春瑜先生告之，其生活於鎮江。

〔五〕周夢莊（一九〇一—一九九八），字海紅，號猛藏，鹽城人。著有《鄧石如年譜》《水雲樓詞疏注》《紅樓夢寓意考》等，以上幾種均在臺灣地區刊行。

〔六〕見陶性堅編《射州文存》徐燧序。

〔七〕李詳（一八五九—一九三一），字審言，一字慎言，興化人。曾任江蘇通志局協纂、東南大學國文系教授。爲揚州學派後期代表人物。

〔八〕李詳《藥裏慵談》卷二《王西溪詩》，江蘇古籍出版社二〇〇〇年版，第二九頁。

〔九〕丘象隨輯《淮安詩城》卷一，國家圖書館藏清刻本。

〔一〇〕此處限於篇幅，不一一列舉。據作者粗略統計，與宋曹有交游者，光可查考之人就達二百多人，可參拙文《宋曹交游考》，見《書法研究》第一三八期，第二十九頁。

〔一一〕宋曹的四子宋桓貽（字南禺）娶劉文照之女，但婚後半年南禺即殤，留一遺腹子，名劉存，後作劉文照之孫（見孫一致《孫籜庵詩稿》之《吊宋四秀才南禺》，世耕堂藏版清康熙刻本）。吴嘉紀與劉文照的姻親關係見謝國楨著《宮苑雜談》，見《瓜蒂庵文集》，遼寧教育出版社一九九六年版，第一一九頁。

〔一二〕徐乘軺纂修《鹽城徐氏宗譜》，道光二十六年立本堂木活字本。

目録

會秋堂詩集卷二

四言

會秋堂詩集卷三

五古

會秋堂詩集卷四

會秋堂詩集卷五

七古

會秋堂詩集卷六

會秋堂詩集卷七

會秋堂詩集卷八

會秋堂詩集卷九

會秋堂文集卷一

會秋堂文集卷二

附編

詩餘 …… 二六三

投贈詩 …… 二六四

會秋堂詩輯佚

會秋堂文輯佚

宋射陵詩序

胡介字彥遠，錢唐人

介以戊子渡江，薄游淮揚間，聞東海之濱有隱君子曰王生筠長、曰宋生射陵。方甲申時，海内震動，鹽城濱海僻壤，奸宄竊發，二生以書生結甲，統率其鹽之父老子弟各數千人，名『東西義社』，以捍鹽。鹽之桑梓廬墓，卒賴以保障無恐，鹽人德之。南渡初，史相國聞二生風義，特辟參相國軍諮。乙酉，南京失守，史相國死節官下。二生乃布衣草屨歸鹽，守其先人敝廬，躬耕讀書，杜門不出。其後海濱復有揭竿而起者，習知之二生能用兵，固要二生，且以兵劫之。二生卒藏匿，不可踪迹，而揭竿者尋敗。丙申，介再渡江客淮，始得見所謂宋生射陵者於淮陰市上，短褐蕭條，退然若處子。宋生亦從隰西道人桐軒子識介，生平甚悉。是日南北知名士數十人，會食丘生季貞家，兩人從賓筵廣座中，對揖階下，神意相射，翕然而親。時宋生以歲暮將還鹽，重解裝爲予留二十七日始去。宋生有負郭之田三頃、先人荒圃一畦，歲收租入以奉母，而躬自灌園圃以教其子。每草木變衰，風雨總至，哀時感舊，悲來填膺，則壹托之於詩，故平生獨好爲詩。瀕行，出其平生所著詩，命介爲之序。介嘆曰：『詩文者，人之餘也。有人如此，而憂詩不傳哉！』既讀其詩，蕩滌曼靡，壹歸性情，磊落坎壈，卓然自立，如其人身世之際也。詩有六義：曰風、曰雅、曰頌，三經也；曰賦、曰比、曰興，三緯也。宋生能藴雅頌以騁宕於風，雜比興以洸洋其賦，則介之盡言也。雖然有人如此，而憂詩不傳哉，宋生足以盡詩，詩不足以盡宋生也。故介之爲序，略言詩而詳於宋生。宋生還甌，試陳尊酒蔬枰之下，召生之友相國軍諮王生筠長者，出此文共讀之，知江南菰廬中，尚有能於十三年前，識二生如介者。二生勉之矣。

按：此序見趙輯本卷首，序末注出處云：『長壽釋山曉本晳編、山陽丘季貞刻《旅堂文集》。』即胡介《旅堂詩文集》卷二《旅堂文集》。今據《旅堂文集》校録。

會秋堂詩稿序

王之楨字筠長，鹽城人

份臣專力治詩，十有七年矣。治之十二年後，即以序屬余，余諾之，五年而未有以報，份臣不促也。余叙之之意，嘗見於五年中，覺份臣十七年爲詩之精神，余皆可取五年中之一刻與相皎皎以往來，夫是以份臣不促也。今《會秋堂集》成，光焰萬丈，余慮天下讀其詩者，未盡得其爲詩之心與夫〔一〕寧濬有成之學，故於序焉詳之。或曰：詩以道性情，得其心而性情統。是詩有别才，非關學，學何庸詳？余爲此而慮益深。慮夫無份臣之心，而讀其詩，坦懷者或一慚而即已，險抱者必含怒而難化。慮夫有其心而無其才，陽欲托其謦欬，而陰實忌其穎異。更慮夫無其心兼無其才，既不能齧啖於其内，因而肆彈射於其外。會秋堂之音理，不益孑孑鮮所合乎？

余故以爲不若於其學焉詳之，使偶失之於心者，可因是而反求，即或短於才者，亦藉是以自廣。從此一天下於學之中，將見怒者易而爲善〔二〕，妒者化爲相親，即份臣不辭其怒與妒，而伊人之怒與妒，偏不可解於份臣，久之而自得其無怒無妒之本原，襟不知何以降，氣不知何以冲？故以其詩，高於天下之爲，能不若以其學，蒸於人倫之爲大。夫學以多欲者，爲之則紛，以有志者，成之則一，余得不爲份臣詳之。

憶昔先皇帝〔三〕甲申之變，份臣與余同矢枕戈殉國之義，余以赴史師相幕而北，份臣爲南中諸君子推轂薇省。越明年，乙酉春，余辭師相入金陵，時蜩螗羹沸之勢成矣。份臣飲於〔四〕鷄鳴山，仰天大呼，涕泗雨下，謂：『我新近〔五〕小臣，恨不能邀尚方寵靈，一斷諸貴陽老魅之首，惟願同君河北殺賊耳！』余曰：『君有雙白在堂，即有嚴仲子知君，亦不宜以身許，盍去諸？』份臣遂先余歸里，比余欲追尋五丈原，杳忽恍惚，不知何在。腆顏復見妻孥，君已先期趨舅氏，闢館以待余，爲同隱桑陵者計矣。

斯時也，份臣皇皇國恤，豈暇以詩見，侍養鼎彝先生側。先生教之曰：『吾子心靈手敏，學猶泛而未專，以故泛於見才，泛於取友，究且以神思紛若而致疚。曷早約之於詩，使其功有所受，意有所慰。』善乎！鄭菊山之訓其子也，遠追淳古之風，歸於性情之正，毋爲時奪而已。份臣於是仰承先生教，遂專力於詩。初爲而刻勵巉崿，鋒不可嚮邇，既乃坦衷平氣，與古今爲大家名家者相枕藉。飲食不忘，久之而上述唐虞三代之制，下序桀紂羿澆之敗。蟬蜕濁穢之中，浮游塵埃之表。雖不必如屈大夫之騷，而惘心故國，釁構椒蘭，莫非行吟澤畔，受啄鳩媒者之爲憂爲畏也。琴不必弦，書無甚解，不友不臣，易紀元以甲子，雖不必如陶靖節之爲而解組，肆志鴻冥鼎革之間，又何愧爲三徑之展禽、五柳之接輿也。在開元，則及見麗人、友八仙；在乾元，則扈從還京、歸鞭左掖〔六〕。雖未獲如杜少陵之遇，而魂驚觸天之濤，骨摧九頓之阪，又安知非《石壕》《新安》之睹記，《彭衙》《桔柏》之崎嶇，造物者又留之以待今日重賡也。仰讀聖經，俯抉諸子，李、杜追翔，籍、湜僵走，雖未獲如韓昌黎之望，而詭然龍變，蔚然鳳耀，鏘然韶鳴，又何愧於日光玉潔，周情孔思，洞視萬古，愍惻當世者也。

當軍國之多需，草根木皮，僅充民食，風波盜賊，所在滿眼。雖未獲承元、道州之責，而曲寫單、羸之悲，感激采風之使，微婉頓挫，即堪爲萬物吐氣，又何愧於『兩章對秋月，一字偕華星』者也。夫以份臣之學，卓踔澄深，無不并苞如此，而且以篇有累句，句有累字，質二三知己，造膝密攻之，未嘗稍自寬假。即怒者狂詈，妒者長孽，份臣第閉門静承之，以俟機峰光影之自定。是以怒者得其心虚，而怒窮於無可試；妒者成其茂實，而妒窮於無可加。豈非份臣才浮氣驕之失，甚賴之以爲驅除，而潛養正學之歸，又資之以爲鞭策哉！今《會秋堂稿》出，無論怒與喜，妒與好，皆攝於其光焰萬丈中，而相淡以淳古，各正其性情，趨歸於鼎彝先生之爲教矣，斯誠份臣報國承家之志也夫。

按：此序見趙輯本卷首，序末注出處云『《青岩文集》』。中國科學院圖書館藏有鈔本《王青岩文集》二卷《青岩文外集》六卷，今未見。《光緒鹽城縣志》卷十五《藝文》亦載。

【校勘】

〔一〕夫，《光緒鹽城縣志》作『其』。

〔二〕善，《光緒鹽城縣志》作『喜』。

〔三〕《射州文存》無『先皇帝』三字。《光緒鹽城縣志》有注云：『《射州文存》删「先皇帝」三字，今從家藏鈔本。』

〔四〕於，《光緒鹽城縣志》作『余』。

〔五〕近，《光緒鹽城縣志》作『進』。

〔六〕掖，趙輯本誤作『腋』，據《光緒鹽城縣志》改。

序

王之楨

從來都會之地，必有資於山川形勝，而人才憑吊之性情，藉山川形勝而發，何也？以感有所因也。漠然者山高而水清，夫何感？曰：『山川無感，有營建之，或興或廢，善郵傳其所感。』射陵先生因以有重入金陵詩集焉，其爲教，深且大，非少陵之由秦入蜀，青蓮之秋浦夜郎，有同日而語。

余以爲，漢唐以後，此感良多，請姑置而尚推三古，則澗水東，瀍水西，天作高山。商邱、安邑、蒲阪、平陽、軒轅、逐鹿之阿，迄於畫卦之臺，而止何一，非郵置乎。所感者哉，是皆可以從先生重入金陵詩中會矣。其爲教，誠深且大。余謂迄於八卦之臺，而止者以八卦窮萬感之變，一消一息，一盈一虛，鼓萬物而不與後，聖同其憂患先，大無爲之學也。先生精暢玄理，必將統漢唐以後才人憑吊之性情，而叩之羲皇，一畫前望，有以教我。

按：此序見陶性堅編《射州文存》，道光二十二年刊本。

宋射陵詩序

程康莊

詩人之法，可學而至。獨才與氣之間，其隱在內，體無定端，雖有善者，亦不能爲之强同。苟求其善操己之長，與性冥通，則適於道，而皆有可傳。藝之至者不兩能，豈不信哉？今之號爲詩人者，離本失實，舍赴我之塗，而徒爲我所附之塗，困於才能，舉動乖錯，即令似之，觀者怠厭，其亦不善用所長矣。射陵宋君，産於淮陰，砥廉嵎，又屬古乘臯父子、孟卿文學積漸之地，習爲詩歌，才清氣沛。今由廣陵渡京口，凡江河之所臨泛，行旅之所流憩，山林之勝，人物之賢，悲歡俯仰，莫不吐吶華音，裁於獨斷。其詩深而利，博而有法，指事懷人，歸諸本實。吾聞物之奇者，金玉劍蜃之類，其氣皆能上薄於天，結爲光怪城闕樓閣，而况於才人之詩乎！夫詩道日新，英瑋芊眠，人無才氣，果未能顯，若蹈藉前賢，寧有當哉！

按：此序載於程康莊《自課堂集・文集》，輯自《常評事集・常評事寫情集（外三種）》（山右歷史文化研究院編，上海古籍出版社二〇一六年版）本。

會秋堂詩集卷一

歌行

畫松歌·爲瞿山先生贈〔一〕

大手畫松兼松神，虬柯哭兀陰雲屯。一株兩株列森秀，龍鱗剥落磨冬春。高枝盤拏髮鬣古，低枝倔强鼉鼉蹲。颯颯翻風更得手，忽爾山巔忽水濱。幽燕壯士挺鐵骨，窮野老鶻摩秋旻。東海蒼根歷夏后，秦時大夫何足論。一片空濛太和氣，天然絶技非無因。萬派山容藉古色，琥珀流脂皮復皺。百尺凌空雷雨後，高懸一壁能駭人。欲得君心看君畫，瞿山瞿山真渾淪。

【校勘】

〔一〕贈，疑作『賦』。

題王公子狄獵歌

戎衣公子六尺馬，朱纓扣額聲摧瓦。壯士層圍射鹿空，老兔群然竄草野。公子出馬飲馬醨，甲光真映猩猩紅。翻身揮彈落青海，兒童歌獵歌隆隆。

古劍行

赤精天冶貫雙萍，秦山漢水磨晶英。光動腰裊病如電，霜漬鮫胎作夜聲。斬蛇曾入天子手，聞鷄復令壯士驚。平原俠骨夜相照，薊門老將氣更横。濁世群賢莫作逆，道傍魑魅愁不行。虬髯碧眼昆吾子，剖珠亂擲蛟龍争。嗚呼！男兒負此豈不耻，作讎作恩俱有情。慷慨持此寄天下，願人無負平生盟。

龍神歌

古原戰骨如秋草，塞上馬壓長淮道。風馬雲龍動我歌，龍神何故天中老。天中老兮乘龍出，鮫宅拔兮海則立。孤城倏忽元氣沉，碧瓦上天舟上林。須臾又見黑龍至，滿城欲吼不敢避。厲鬼犇犇神所使，鬼力揮刀血花紫。攫之不盡霹靂怒，東流電火雷女渡。何石不落海水深，神宮獨立應森森。古臺霜盡鵑無血，鮫人夜伏宮中吟。

曲裘歌·爲余大中丞賦

萬派祥雲照大荒，天子穆穆正垂裳。銛鋒利矢定南服，高牙大戟擢攙槍。閩海波恬烽火息，鷁首千行聲赫赫。貔貅百萬凱歌回，振揚軍氣連天色。電製樓船洗甲兵，下瀨飄帆傍日行。不使驍歌驚道路，地通吴越豈呼庚。北風颯颯渡淮浦，□□獨訴長途苦。舟中婦子泣無衣，多少長年愁秋雨。雨夜凄凉鴻雁哀，况復師徒絡繹來。中丞節鉞臨江北，觸目因抒利濟才。不須呼籲形鳩鵠，望見中丞動慈矚。慨然自脱三英裘，典金犒衆沛恩澤。人人被澤勝投醪，歡騰挾纊頌聲高。舟子銜寒能捩舵，將軍從此□□朝。艅艎飛渡黄河曲，九州願結長裘幕。平生推解一片心，時向江淮念飢溺。人從三楚絡坤元，夔龍事業山河根。心與天游道爲侣，寧獨於今動至尊。至尊借公殿廊廟，指頭調梅握樞要。但飲江南一片水，收拾太和轉天造。

長歌行・爲家既庭題宣和寶鴨

君不見古時宫中開寶藏，造器入神出天匠。金塗蓮盤寶鴨燈，制度納妃即嘉尚。又不見睡鴨香爐换夕薰，皇皇漢后居其上。更有開元元夕時，長春大宴金凫創。神物傳至宋宣和，千載摩挲非掘葬。當年雁足亦不奇，古氣襲人足瞻望。水中可截蛟龍游，雲外直令禽鳥喪。口吐飛烟灑奔駟，胸藏積翠流寒漲。巨靈慣采赤山精，異代辟邪成怪狀。座上星光滿夜輝，離奇閃爍光不讓。從來異質漢時多，層層宫闕何威暢。翠羽簾中瑇瑁床，龍須席映葡萄障。鷄舌頻添傍早春，宫中是物如排仗。若非此鴨香篆高，安得朝衣惹烟晃。精英不受罿羅欺，日傍高人慰清曠。自識奇珍運化隨，等閑不許浮雲抗。嗟我白髮渡江叟，臨行作歌爲君唱。

琵琶行 王園即席贈王江洲，時奏甲申遺事

蒼茫珠湖一片水，我來作客尋知己。可憐一夢三十年，落拓平生嗟鮑子。千秋萬結泪未收，此身意氣誰相投。賴有王家好兄弟謂澄崖昆弟，同聲共道王江洲。江洲琵琶人最羡，能使好友交不變。一聲兩聲情始生，看人歌曲看真面。從來定有心一曲，淋鈴涕泪侵五侯。門前

空落日悲來，誰不思舊辯恩仇。江洲識得前朝字，手撥琵琶奏遺事。此調尋常不忍聞，潯陽江上何須異。我昔嘗聞楊太常，踉蹌抱琴出帝鄉。口不能言手能訴，慷慨令人泣數行。江洲琵琶作琴語，寒冰破玉繞纖指。東海愁人聽不得，日暮驚沙亂飛雨。怨如之何怨且長，悲我所思切感傷。一身已老不復少，千岩古樹徒蒼蒼。須臾聽得老猿叫，滿園怪石俱能笑。凝碧池頭雷海青，仰天痛哭差堪肖。華清妃子斷腸時，開元羨殺馬先期。《長恨歌》中歌不歇，落盡梅花月到遲。主人望月當軒坐，曲曲明珠指上過。況復清宵獨客栖，經年好夢君彈破。天陰客散聲啾啾，恍如敗馬嘶高秋。奏出黄塵與白骨，輕攏緊叠天地愁。段師已死知音闕，愁腸斷盡復難説。空有城頭烏夜啼，曲崩雲崩湘水絶。

題汪舍人小像，和豹人杜于皇長歌行

舍人情性最蕭灑，與我結交愛我野。昔日同鄉今日隔，金門射策傾都下。透迤甘泉接未央，鳳閣初開染翰香。春來按蹕憑高賦，雄才七步動君王。飛綺樹，新花綴，從容退食凡才避。醉時一放《渼陂歌》，多少佳人争拾翠。長安萬壑與千關，題遍名區倦不還。懷抱經綸年尚少，半生能事人人攀。王謝風流只如此，我却疑君霄漢裏。禹生作圖亦既工，孫郎作歌太拘理。若復盡如杜老言，自古賢豪不爾爾。我爲舍人用，正在即離間。賢豪作事非等閑，欲看蒼茫萬古意。酒酣携妓上平山，纏頭十萬揚州道。何如牙籤千軸聲珊珊，世上庸人不足數。無限晴雲復作雨，誰謂年老不如少，只在平生堪自許。果能樹名建業倚高歌，何慮星星兩鬢絲千縷。

老蕩子行

天涯兵甲未全銷，霜華木葉常飄飄。江南江北不可度，邊聲壓斷豪華路。今日苦短昨夜休，高歌一曲寒悠悠。荒戍城頭萬山古，大江東逝無停留。一片凄凉大江水，飄落真如老蕩子。無限摧傷歲雲暮，春山芳菲盡枯死。天涯蕩子胡不歸，行路如棘中心違。西泠好友不復見謂彦遠，藥房女史愁素暉。千里萬里滿身雪，四海文章不如拙。雄名似君亦可止，但使人生莫長别。

華山神女歌·和鄒訏士

潤州郎君一相見，懷中寄却神女面。不須頭白心疾通，郎君既死神女眷。隱隱華山薤露哀，九牛曳棺天不厭牛車載郎柩，過華山，牛不前，女入棺，始復行。須臾神女自催妝，啼痕獨繞石根遍。千花萬草妒紅顔，金翹半壓翠雲鈿。死生會合俱有情，倏忽棺開如劈練。神女抱郎郎不醒，亦復輕身死相戀。回首棺閉落日奔，夜夜游魂月中現。可憐輕薄華山女，雲雨凄凉心一片。莫向磯頭怪少年，多情不許滄桑變。

留雲堂歌・贈喬雲漸

我愛留雲堂，雲來能自親。他人不可嚮，悵望東海濱。東海有白雲，浩蕩戀幽壑。君堂日日開，藹藹實堪托。岩端澗影混龍蛇，松柏清陰自一家。朝來暮來繞虛壁，千重萬重抱危石。林光高映蒼溪古，吾子躊躇與子伍。雲亦無心寡所營，相與盤桓足仰俯。人生側身當有情，天地棱棱何不平。坐看白雲幾處歇，羨君高卧眼縱横。美人簾幕照歌舞，壯士沙場伴生死。萬古悲歡一片雲，莫教飛雲薄秋水。君歌留雲雲更多，江南江北爲君歌。結廬宛在千峰裏，繚繞堂前雲自過。主人能見萬古色，白雲能動杯中物。從來知己無異同，雲復何曾有伸屈。山中屈伸却自保，日日留雲復古道。爲君作歌識君心，周旋夢魂與君好。

重入金陵行

自古代謝如翦截，逐鹿何爲妄窺竊。女媧補天天尚缺，始皇鞭石石流血。楚妃齊娥安在哉，一聲長笛空幽咽。何不遠盼前路歧，黄河横流千岩跌時河溢，北京又嘗地震。不須日夕望長安，冷月含情霜氣冽。白頭名利無盡期，往往傾覆出閥閱。心事已矣仰天歌，吾道於今只用拙。但看曉星寥落時，長夜冥冥思卷舌。不到金陵四十年，重望江關腸欲絶。孝陵一片空山影，月到空山自明滅。起來更望山之巔，但見行行杜鵑列。齊梁歌舞紫烟飛，王謝堂前蒼鼠穴。昔日繁華今日悲，處處回廊賣寶玦。城邊偶遇故家子，當年遺事擊節説。鷄鳴山畔獨徘徊，十廟飛灰逐飄雪。游人歌曲聲正哀，聲聲泪落歸殘碣。早晚烟中辨江樹，好向燕子磯頭别。

喜雨歌·爲張令君賦

射州澤國淮水東，年年苦被馮夷制。去歲前歲水衝城，屋角蛙聲蛇上樹。兒啼女哭賣鬻多，又見海水來更厲。田苗苦被海水衝，可泣三秋皆不歲。人人望歲復望天，處處流民變鬼魅。河水汹涌海水高，波濤驚眩聳天帝。灶丁私决海堤防，滿國蒼生何處避。幸我張侯力堵之，清風擊賊何其鋭。海水不至苗可興，誰知青壝猛如彗。六月不雨七月亢，眼看月晦愁更長。低田草萎高苗死，四方民聽何皇皇。張侯夜禱竭心力，晝復羅拜繞城隍。十日步禱三日雨，雨不越境霈有方。若有神靈試尺寸，勃然苗起榮枯桑。鄰國仍然曝高日，聽我樂土霹靂張。樂土樂土非空室，提兒挈女歸故鄉。共戴我侯説神力，應感誰能動彼蒼。區區麥秀何足數，馴雉依依豈獨芳。異哉我侯疇可匹，真爲赤子之保障。

黄木橋烈婦行 并序

陽羨水軍王姓者，甲申間，以禦寇殁於西滆湖，婦孫氏，尋夫骸不得，誓不歸。老姑勸還，一子在抱，家貧，姑命改操，愛其孝，不能遣，將贅某氏子，婦阻，姑强之，婦終不從。是夜，潛至黄木橋投水死。颶風三日不止，湖水盡涸，夫骸現，戎衣鐵帶如故。即日婦尸亦浮出，里人稱爲異事。遂合葬焉。

悲烏夜啼北風起，黄木橋邊急流水。老樹仍號水打門，疑是夫君尚未死。夫爲從軍亂格鬥，游魂飄泊滆河裏。婦守空房誓不生，哭斷長天淚花紫。日日湖頭覓夫骨，民命如泥波没底。堂上老姑勸婦還，呱呱血塊復誰恃。婦謂姑老兒尚孩，勉强歸來命相倚。凛然冰蘗藜藿兼，奈何貧困誰不憐。或云改節或云贅，老姑幼子始復全。姑因婦孝不肯遣，欲子他人之子與婦相周旋。婦曰寧死不從命，姑曰改妝命婦前。他人之子上堂拜老姑，閨中少婦大叫叫所天。哭罷關門獨牢守，誰與他人之子續新偶。豈不念姑堂上孤，豈不念兒呱呱擲地難回手。一聲嗚咽潛出門，悲烏啼遍聽潮吼。黄木橋邊潮更高，挺身直赴潮頭走。颶風大作三日昏，天地愁慘失卯酉。血痕吹浪湖心開，鐵衣男子尸未朽。須臾婦尸亦浮出，定是乾坤作樞紐。自甘一死葬魚腹，誰期同穴幽魂久。賴此巾幗立綱常，青松翠柏横丘首。不讓曹娥獨立千秋名，如此節孝真難有。

浩然歌・題愍南集 并序

給諫朱南池，諱士鯤，靖江人，即理學朱大中先生之後也。由廣西柳州武宣令，遷兵部職方，改吏部給事中。甲申後，全家殉難，公官服自經死。次子漮，字公亮，授廣西北流縣令，聞父信，即日死於官。

吾鄉陸相崖門死，慷慨仗劍驅妻子。懷中六尺至今生，魚腹朝參見青史。南海復有南池公，萬里銜哀思雪耻。聲聲哭斷蒼梧山，泪逐西風灑粤水。常山血盡諫草焚，不賴黄冠歸故里。成仁取義只一時，全家慘烈埋山底。一片孤忠半壁傾，三百年中事已矣。北流神君復振徽，麻衣殉國誰能比。多少游魂歸不得，夜夜青山鬼火紫。數行碧血嶺雪飛，天山卧龍呼不起。泉台聚會家人歡，國步艱難夢魂裏。君家父子能千秋，果然不愧良知理。

觀劇行·贈卞潛山

晉人風氣誰不識，老祖忠貞難再得。千秋門巷歷江南，君爲後裔誇君力。年餘四十滄州期，任俠生平歡樂遲。閑來演劇未肯倦，無限春心總不私。男子如龍女如鳳，清歌妙舞真出衆。庭前老樹拂精神，怪石婆娑如欲動。人當極樂轉茫茫，更出奇觀綺麗妝。舞來却疑新柳側，行如列岫分低昂。陡然忠烈慘天地，中間殺伐飛霜氣。既能肖生復肖死，感動英雄各灑泪。多少餘波顧盼間，夜夜飛觴總不閑。吹笙發鼓更漏急，人生有情誰復還。萬頃玻璃采蓮曲，須臾歌罷湖天黑。五陵豪氣燈復明，洗盞更酌欺霜色。日出纔收金叵羅，少壯幾時樂事多。回頭一顧夢不歇，舉手作别將奈何。

沙子畫龍行

射陵野老只一望，高振八表氣蒼莽。東方曉星正寥落，惟見參差海雲上。望中城闕繞飛烟，駭浪崩砂林木響。誰能畫龍首尾不全見，獨此靈異真難仿。筆精變化帶川原，墨瀋驚飛勢漭漭。此子畫法不由人，一筆奇氣縱所往。四壁如聞霹靂垂，皎皎龍光照魍魎。如此神物當在天，白日瞻恩復震蕩。我欲回頭寂無言，把酒對之發慨慷。吁嗟畫龍如相士，分明□見別俯仰。凡眼相士只相皮，凡手畫龍只如蟒。

觀劇行·爲徐山琢侍御賦

長鋏短衣尋樂處，寒月西流烏欲曙。彩頤亭上燦列星，演劇堂中寂無語。歸來樂極獨茫茫，捉筆題詩莫能譽。勾吳子弟顔勝花，宛轉踏步盤龍蛇。歌連綺樹飄香雪，舞壓瓊卮映紫霞。多少顧盼眼光滑，出没猶疑新柳斜。忽爾忠憤變天地，忽爾殺伐排雲氣。忽爾落拓肖腐儒，忽爾鍾情一灑泪。灑泪鍾情幻生死，同上金墀駭朝貴。異質真比凡林殊，靈物變化驚八區。静裏聲來遏雲響，玉簫檀板鸞鳳俱。殷勤共聽新翻曲山琢改《牡丹亭》爲《梅花觀》，此夕柔風爲歡娱。五侯甲第實清灑，氍毹鋪地花盈把。東山再慰蒼山願，閑來絲竹暫陶瀉。談笑猶餘御史風，清時難卧醉司馬。

夢蛇行　僧説焦山巨蛇當路，因有夢

三更自呼四更坐，夢斷江淮秋雨過。高山萬叠夢中行，大蛇出山腥氣播。老牛跳波驚欲死，杜僧吹氣冷如水。夾道虬松皮骨銷，清鱗黑蘚怪無比。光怪盤旋石痕薄，公然當路窺碧落。但聞山鬼日夜愁，更見天地風塵惡。悠悠天地夢复驚，何處高山蛇不行。生平氣與秋天杳，莫如歸去有餘情。回頭一顧不敢走，紛紛竹葉大如手。少年爲客尚思家，況復青霜推白首。

官柝行

八月城頭誰和歌，碧漢飛星赤影炧。靜對高松夜夜坐，臨風官柝來何多。切莫乘秋獨作客，事事更頭亂心曲。昨夜發興思到家，路旁更復哀聲促。漸覺清涼變霜威，江南游子何時歸。

前異災行

黄河十月潮頭動，東觸淮陽西泗鳳。滿城官長夜不眠，馬上辛勤急彌縫。城邊居民盡當夫，霜色蒼黄〔一〕面皴涷。倏忽風雲颯萬里，楚瓦飄揚浪花重。晚出西門門已堵時予在淮，目繫水勢，皇華亭前七〔二〕尺土。我見皇華亭最高，亭邊水立猛如虎。可憐濱海射陽城，不〔三〕遭河決遭海怒。去年前年海水來，遍地鹽花成斥鹵申酉間，連遭海漲，凡海水經一次，不苗者三年。午未後，叠遭海漲不止。蒼生已動極天哀，又逢河漲衝庭户。河海泛漲本無期，堤防不固誰爲主。平時〔四〕錢穀飽官囊〔五〕，一朝徒〔六〕急夫差苦。夫差苦，更號天，正月二月雨綿綿。人日已過清明前〔七〕，總無白日懸青天。眼看麥苗水中死，田家消息真凄然。野草荒庭步鷗鷺，城中白浪纏飛涎。黑蛇猝怒鬥不歇，雷庭日夜聲相連。我尚有家住不得，况復無家屢播遷。衾裯入市不足顧，珠玉作爨飛紫烟。邑里横流已如此，哭〔八〕聲慘淡泪如水。陰風逐〔九〕雨逼孤城，來往相逢半是鬼。可嘆窮民兩月中，東風吹過又西風。茆屋土墻總不固，妻子相視饑如弓。提兒挾〔一〇〕女市中走，小兒换米只一斗。大兒拉手不肯去，號啕痛哭死同守時民有以周歲兒投水者，有棄三四歲兒博一餐者，有以五六歲兒换米麥斗許者，甚至十餘歲兒止换米二三斗許。或爲老姑或老舅，勉强支持逐户〔一一〕叩。低頭乞食羞不言，努力難前惟恐後。或爲老母或老翁，幾日晨昏食不通。皮無菜色語無力，千載監門圖難工〔一二〕。多少相看立餓死，死後飲水腹如鼓。一日流尸五十七二月十九日，城外報餓人五十七，死泊堤下〔一三〕，兩月尸流不可數。哀哀蒼天天不知，天晴雨散哭孤兒。滿城生别及死别，紛紛骨肉無聚時〔一四〕。往年洪水與大旱，尚可從容説逃竄。十載無如今日荒，誰知救荒勝弭亂。

按：《乾隆鹽城縣志》卷十五《藝文》、《光緒鹽城縣志》卷十六《藝文》亦載。《乾隆鹽城縣志》題作『異灾行』，并注云：『戊戌己亥事。』《光緒鹽城縣志》末注云：『從《會秋堂》

本，與沈志（即《乾隆鹽城縣志》）所載小異。』

【校勘】

〔一〕蒼黄，《乾隆鹽城縣志》《光緒鹽城縣志》作『倉皇』。

〔二〕七，《乾隆鹽城縣志》作『三』。

〔三〕不，《乾隆鹽城縣志》作『常』。

〔四〕平時，《乾隆鹽城縣志》作『年年』。

〔五〕飽官囊，《乾隆鹽城縣志》作『歷艱難』。

〔六〕徒，《乾隆鹽城縣志》作『又』。

〔七〕人日已過清明前，《乾隆鹽城縣志》作『人日後，清明前』。

〔八〕哭，趙輯本作『灾』，據《乾隆鹽城縣志》《光緒鹽城縣志》改。

〔九〕逐，《乾隆鹽城縣志》作『隨』。

〔一〇〕挾，《乾隆鹽城縣志》作『挈』。

〔一一〕户，《光緒鹽城縣志》作『門』。

〔一二〕或爲老姑或老舅……千載監門圖難工，《乾隆鹽城縣志》作『或爲老母或老翁，幾日晨昏食不通。低頭乞食語無力，千秋鄭俠圖難工』。

〔一三〕堤下，《乾隆鹽城縣志》作『范公堤下』。

〔一四〕哀哀蒼天天不知……紛紛骨肉無聚時，《乾隆鹽城縣志》無此四句。

桑陵紀事

客淮陰纔兩月耳，乃值灾變橫生，愁嘆集户，晝旦彷徨，夜不成寐。漫述數章，聊以紀異，吾兒恭輩，當痛心志之。

地震歌 南北亘三千餘里，傾城廬人民無算

聽鐘獨坐燈光裏，正欲踟躕不能已。四壁無音思未深，一聲忽動何所始。有如蒼鼠群游亂格鬥，又疑古廟陰幽竄老鬼。倏爾雷霆地上呼，又似洪濤拍天起。荒荒天地共一聲，奔馬戰車不足比。天上有聲忽入地，地中鬱鬱啼號起，又如寡婦哀哀不止。須臾黑霧來三城，妖魅橫走無人驚。古寺猶如船上坐，此身若并浮雲行。北來一驛過一驛，千里張皇斷地脉。城郭崩如哀湍流，壓斷驚魂無路哭。從來誰是萬古人，從來誰有萬古宅。當年楚漢爲誰争，終見天崩與地坼。大崩地坼實等閑，人生一去何時還。我今一宿鬢如草，但見相知各已老。

三咏地震歌

正慰驚魂一杯酒，舉杯對影怪風吼。豪華貴族何所施，蓬門獨夫轉撒手。大人自識無可逃，小兒驚怖只亂走。前日魄散尚未還，南北諸侯俱白首時各路督撫，俱集淮上。從來京都説地動，何曾千里雷霆送。一路傾城如拉朽，遠自燕臺遇鐵甕。慘烈盡疑古戰場，何人能悔刻骨痛。東海飄零亦似之，獨發旅愁來歸夢。

河清歌

蒼蒼天何高，陰陰夜何長。西方懷人獨不見，風波滿地生悲傷。悲以傷，黄河溢，灌淮南，汨江北。行路難，州邑苦，日築堤，只畚土。黄河清，且莫行，前上元，兆太平。西方懷人當復生，吁嗟乎！西方懷人當復生。

會秋堂詩集卷二

四言

桑林招隱 并序

桑林招隱，必得深山窮泌，而後可以爲隱，是終不可隱也，又焉招之。我之隱，寄我之身而已。平原莽莽，樹桑接屋，西有射陽，東有唐溪，是謂桑林，即我之所寄也夫。安得私我之所寄，而不招我之人哉？賦詩二章。

明月正好，羈人不即。流水鳴琴，念思何極。聲静夜分，村雲每息。前溪白鷗，望君顔色。

憑水而居，編雲爲〔一〕板。朝望扶桑，夜汲海〔二〕眼。清風自來，地僻而簡。年年秋色，思君無限。

按：丘象隨輯《淮安詩城》亦載詩二首，無序。

【校勘】

〔一〕爲，《淮安詩城》作『如』。

〔二〕海，《淮安詩城》作『澥』。

自題小像

端坐北窗，誰之面目。系出微子，遞遷海曲。上祖累德，簪裾以續。慨念雙親，年將半百。顧茲箕裘，得男不育。吾生何遲，侵陵〔一〕何酷。母不顧妊，孝感何篤。混沌未傷，寐生無息。半夜復甦，家祀幾覆。原注：吾母四十一始妊予。是年庚申五月，祖母以哭女得癲疾，家人莫敢近，母獨日夕相伴，奔跌僵蹶無寧晷。家人戒曰：『曷保爾妊？』母曰：『吾寧墮胎，不忍姑抱惡疾以死。』爲理櫛沐，調飲食，頃刻不離者四閱月。會醫者陳君用吾，投藥一七，祖母愈，母妊無恙。十一月二十四亥時，予寤生，半夜無息。母曰：『吾逾四十無嗣，屢遭家難，今得男爲胎殤，吾何生爲？』欲不食死。祖母曰：『婦胎之殤，吾病所致，我應死。』蓐媪曰：『俱勿驚，我能致嬰兒生。』乃以絮被冪户牖，及卯始作呲聲，鄉人咸謂吾母孝感，以致吾生也〔二〕。自幼學書，刺掌安忽。原注：吾父教予學書，一日課輟，引案上錐刺予左掌。蚤入承明，敢云通籍。軒冕朝市，變生莫測。爰返初服，蔬枰自力。一病廿載，臞然誰匹。歲月荏苒，脩然自適。弓旌在門，終不言禄。猿鶴相若，虛聲何益。復還造化，吾心匪石。念切生民，老至更劇。凜凜名教，容不自核。若問養生，坎離有術。只今八十，吾道一默。

按：《光緒鹽城縣志》卷十六《藝文》亦載。

【校勘】

〔一〕侵陵，《光緒鹽城縣志》作『侵淩』，意同。

〔二〕《光緒鹽城縣志》此注後有按語云：『案：陳用吾名時行，明諸生，以醫著名。』

題佘來儀望雲圖

雲蒼蒼，思正長，爾形既悴，我心孔傷。

雲陰陰，思更深，爾懷罔極，我獨何心。

雲黯黯，思無限，爾日將穿，我亦有眼。

雲潑潑，思無絶，爾情實哀，我將奚悦。

雲杳杳，思逾邈，爾憾終天，我□不造。

雲油油，思更稠，爾寄高迹，我亦何□。

會秋堂詩集卷三

五古

祝爾玿六十壽

古柏披龍鱗，層陰何瀚瀚。嘉友坐盤根，劇談每不倦。悠然見天懷，德昭神亦貫。卑牧且柔中，默默運洪算。委曲施熱腸，爲人常是願。家道日以隆，不仕見明斷。寄興泉石間，芝蘭雜書翰。今年甲子逢，托杯還自勸。

咏漢史三首

其一　高帝

大風一以起，中原聞震驚。秦鹿奪其魄，楚騅亡其精。雄壯布衣志，刻薄天子情。信布何足恤，太公尚云烹。忍心復溺愛，遂成商山名。浮名故不重，天下安可輕。至今沛上草，猶向漢家生。

其二　光武

白水然赤灰，復有布衣起。拔劍倚春陵，自命爲天子。思漢滿吟嘔，奔附如雲蟻。授鉞鼓群雄，夢想結賢士。瞑目走長蛇，裂眦怒封豕。銅馬向關西，天戈快所指。新室覆愁雲，龍飛共工死。念來存故人，創業載炎史。

其三　咏三國兼書正統

漢家已幅裂，風塵動群競。岳立争雄長，王伯而龍獍。戰伐傾人才，鉦鼓肅秋令。南陽有卧人，中山起同姓。風雨嘯江東，老瞞造天命。鼎足不書統，有君始爲正。三分在漢家，誰與春王并。

古鼎 在朝天宫

清晨念唐虞，回首論秦漢。興自謝山來，俯仰登臺觀。何代距古鼎，舊德鎮衰亂。虬足陷三星，右耳六甲貫。左耳貫六丁，光怪愁龍按。一氣奉至尊，鬼神絶把玩。

射陂古意

汹淘湖西水，浩淼幾千尺。驚湍隱聽雷，中有蛟人窟。陽崖散朝烟，陰谷横波脊。茫蒼古今流，疑有天河瀉。

其二

挽舟如登山，揚帆若飛翮。神鯨鼓翅鳴，見之常辟易。聞漢廣陵王，藩封從此闢。東連大海濱，西接淮南域。那知千餘年，波底驚沙塞。寒潮不復來，荻風但淅瀝。山谷瞬息更，桑田半沉汩。禹功此日興，元圭今再錫。

自述

人生有至樂，惟我生獨苦。我苦在失時，至樂在當午。所以及時難，白頭愧仰俯。父母生我遲，六歲尚含乳。離乳便作字，字畫驚大父。姑息與伶仃，忽忽十四五。就學念家貧，經年闕脩脯。齒長十六七，學術全無補。二十修羽儀，黽就立門户。廿四走京華，相識多章黼。微禄何足榮，忽遘傾天宇。老父亦已殁，踉蹌悲陟岵。白楊森□墳，道路繁宿莽。老母壽百歲，甘旨身蔬圃。復□陟屺悲，徘徊泪如雨。索居賴永久，持操獨難古。芳草幸不歇，留意攬香杜。中心悲九秋，處逆安故土。哀哉白頭翁，苦樂爲之主。

題雙魚洗·爲家既庭賦

西漢器也，篆，漢平侯根造

我聞珊瑚枝，明月可爲罟。又聞雙南金，托身願作伍。斑剥鼎與彝，氣奪蒼龍乳。漢家陵廟中，神物驚出土。金狄列宫門，鬈髯磨怪雨。昔人解佩龜，乘輿换酒脯。徒傷代謝流，□期歲月補。愛君好平生，纏綿卧書圃。慷慷重氣節，實爲人中柱。骨董恣僻性，几案布規矩。延我坐高軒，暫憩廣平里。四顧羅長物，種種出秘府。我非博古家，將魚認作魯。此器西漢來，異哉造物主。旁鑄雙鯉魚，斑斕乎太古。骨法多應圖，奇文都合譜。流風回白雪，觸之蕩心腑。皎如貫日光，飛霞重吞吐。水禽爭侍衛，驚鴻莫能俯。盛酒一斗餘，炊駝勝翠釜。玩物但及時，作人貴有取。安得長相聚，殷勤步遐武。

題六忍居士朱爾升深柳堂

高會深柳堂，蕭然君子宅。風氣獨千秋，瞻仰在夙夕。已矣平生交，躭書悅顔色。守己顔及歡，與天享旦夕。晨星正參差，朗朗照岩石。明月澄清懷，俗物莫能即。滚滚聽流波，撫躬長嘆息。含情待知己，探道見心迹。歲寒誰與同，憂思日盈積。念我六忍翁，淹留有深益。

懷蔬枰草堂

縱横劚蔬圃，短髮逃清時。十載河水惡，途窮靡所之。溪谷何日風，不愧松柏姿。荷鋤帶明水，誰與世俗期。調情傷柱石，彈琴苦路歧。生平歲寒意，甘爲燕雀欺。豈無骨肉親，不令天性虧。鬱鬱不得意，言之中心悲。所悲莫能釋，知心尚有誰。

春盡感懷·寄孫惟一學士

春風忽已逝，栖鳥多翻飛。閉門悲歲序，游雲暮不歸。種柳愛其疏，種菜愛其肥。雖無歲寒姿，夙昔長相依。春盡萬物薄，蟾蜍蝕清輝。因念故人交，親厚如裳衣。苟非金石固，千里别乖違。感激將何言，含泪從嘘唏。

西施石

西施有怪石，不沉若耶溪。朝霞蒙其彩，明月掩其輝。寄此實如夢，難與吴王期。春秋相代謝，高臺渺無基。拔劍將擊石，石碎劍亦虧。嘆息千載下，人去石何爲。

山游詩

誰謂客行樂，春夏無衣裳。人生貴卑栖，黽勉懷故鄉。欲飛無豐翮，但見野鳥翔。步出山城門，携友聊相羊。丹霞抱靈嶽，嘉木交回塘。游女曳羅綺，王孫多草裝。世物固莫測，貪者遂爲殃。苟與太虛冥，王伯皆秕糠。長嘯謝世人，白髮戀朝陽。我欲學仙去，逍遥窮四荒。

留別楚陽 李艾山、宗子發、王象山、李季子、李子薦、王景洲、吴夢祥、王歙州諸子

念我素心人，高懷篤所歡。情眄眷日夕，避地放眼寬。賢豪快雲集，才華薄鶯瀾。更喜風流姿，意氣露心肝。愛我不偶世，寂寞垂羽翰。招邀願屢至，每傍明月看。興來篤唱和，愧余才獨難。倦游念前途，何如蓬室安。一旦理歸棹，相別臨河干。黽勉向同好，拱手顧回灘。望望各已去，深心戀歲寒。

按：趙輯本詩題後有按語曰：『按：楚陽，江蘇興化縣之别稱，亦曰昭陽。』

歸舟偶述

荒歉通鄉邑，往往聞嘆嗟。眷言屢歲饑，吾懷願不奢。落落迕流俗，驚心悼鬢華。嘅彼貴公子，金錢辣手拿。索書疲我力，慷慨徒虛誇。薄衷别乃見，清霜亦已加。歸來浩漫歌，潮水渺無涯。東方旭日高，頑雲空自遮。悠然念故園，何事苦離家。

懷劉仲三

白首悼窮途，躑躅將安之。君老吾不少，想念握別時。君息城北陰，吾向西南馳。懷中有鳴□，各訴長相思。河水流清音，山水摧華姿。索居固永久，載物當矜持。放神白雲外，黽勉懷所期。讓彼鶗鴂鳴，安分結心知。徙倚引衰年，遲暮不足悲。晤言定何日，含情更向誰。

祝汪太翁九十

上堂拜老翁，翁家世鹽瀆。中歲姿游行，□風被山麓。愛聽廣陵濤，清流照心目。居處關世運，投鄰遂雌伏。悟彼蟋蟀唱，矯若鸞鳳集。鑒洞識亦周，志因名教篤。感來念自深，萬事以理燭。樂善靡有窮，救人等骨肉。更深鄉曲情，戀戀恒修睦。晚年不釋卷，往往三過讀。仰卧見山樓，當路競推轂。矍鑠凌期頤，眼光貫霜簇。春日鳳池開，丹詔來應速。良胤聯翩飛，黄麻繞朱屋。佇看安車迎，從容拜天禄。

題雲漸小像

方鑿難受圓，冰炭性自反。何怪世上情，不入吾徒眼。異君知余深，篤嗜余疏懶。交歡到十年，古誼今所罕。每欲圖君儀，携之偕侶伴。何人識君心，貌君妙無限。善氣含豐頤，幽懷足孤淡。山高薦長歌，泉清娱極覽。仰俯天地闊，縹緲結異撰。世榮不敢加，道心無時斷。惟防魑魅過，留雲護山館。忽憶平生恨，懷抱紛煩懣。永當從君游，浩然共蕭散。

贈劉雪舫

若與今世交，如陟西川棧。但見新少年，覆雲手易反。念君金石固，歡心篤交晚。令德垂大觀，亮節動天感。家風動鬼神，名義千秋綰。卓者真古人，萬物徒闇闇。鑒君惟蒼天，固窮莫誰撼。盛物謝浮囂，恬情愛孤淡。皎皎潔秋潭，悠然學疏懶。獨坐發長□，清風引博覽。□□多奇懷，志趣更無限。喟然嘆薄劣，知君亦何罕。君子能識詩，結願定無憾。

與雪舫對坐

杖策去林樾，布褐都不完。營巢寡所栖，中懷多鬱盤。嘆息數年内，事事折其端。運生何足異，出門意漫漫。落拓訪故人，蹇步駭逝湍。故人家盂城，舉動亦不安。爲念好門第，言之心骨酸。把手牽所思，每晤必及嘆。幽獨戀同好，交勉重盤桓。捨咎固不易，處困誠復難。屈節朋儕中，俯首事交歡。勿傷西日馳，四時無不寒。知心若在眼，努力勸加餐。

友人小像

君貌世所欽，君心世獨罕。道氣猛然得，更□寫青眼。大德固皎皎，小善情亦暖。泛愛猛轗軻，志意多所憾。慷慨累平生，濟人必欲滿。念來莫能歇，不顧脱生産。以此愛蒸民，豺狐知所感。探心樂餘善，高風眷秋晚。

修褉日，登甓湖塔，涂紫峙、李季子諸君和韵

登高縱流目，抗迹摧羽翰。俯仰昧節候，回顧皆狂瀾。悠悠動山響，鳴禽集渚灘。惠風蕩群物，白日麗河干。原隰舒新柳，拂霄避春寒。萬籟揚妙音，蜉蝣付草端。夕曛野氣薄，斂步尋幽蘭。褉事挹林壑，戀此平生歡。晤言不能罷，并坐重盤桓。

按：卓爾堪《明遺民詩》卷五亦載，題作『修褉日登甓湖塔和韵』。

題李鏡月游七星岩圖

陳詩謝匡君，轍迹厭平坦。翹足周丹壑，慷慨騰風幰。更上羅浮巔，興來不暇懶。物變感所思，扳心悲世短。高雲起危岑，清泉澄白眼。隨山躡飛岩，藉石意不返。鐘鼎與之俱，遐情探孤覽〔一〕。披圖發長嘯，翛然樂疏散。舉動篤平生，惟恐負慚赧。卓識凌天外，勝游幸不晚。

按：卓爾堪《明遺民詩》卷五亦載。

【校勘】

〔一〕鐘鼎與之俱，遐情探孤覽，《明遺民詩》無此兩句。

雙壽詩　集選體

皓天舒白日，寒風振山岡。流目矚岩石，珍木鬱蒼蒼。策杖投隱士，高風君子堂。丹霞夾明月，萱草樹蘭房。雙鸞游芳渚，相與共翱翔。願我賢主人，羽觴行無方。顧謂四座賓，歡樂猶未央。獨有延年術，惟□在無忘。

梅花嶺補種梅花　揚州會集，限韵

曉出北郭門，猛然發深省。斷石當路垂，草動相國冢。兵戈亦已息，不聞風柝警。昨從官閣過，亦若孤山冷。悵望隴頭雲，願繼羅浮影。從此放鶴歸，醉上梅花領。

寄淮陰張氏

耿耿秋河曙，庭陰獨蒼蒼。蓬海來嶽氣，坤垠布雲崗。簦笠會東菑，引領望淮陽。誰云相去遠，脉脉流山光。乘此懷嘉友，回首意茫茫。屋際憶喬松，荃蕙獨久芳。不愧居廡客，高風賢孟光。德輝被鄉耋，長吟卧大荒。願言不知老，相期在無疆。

同曹秋岳司農暨魏冰叔、鄧孝威、諸駿男、朱錫鬯、程穆倩、查二瞻、孫無言諸君郊園集飲，限韻二首

晨風動良會，同心謝囂塵。乃期城北游，所遇多故人。爲歡願及時，當與歲月親。解衣放情志，忘形卧高筠。避暑貴滌蕩，載泛虹橋津。斗酒適幽性，含情各已伸。仿佛古賢流，當歌眷嘉賓。積日忽已歲，冉冉流宵晨。慨嘆感陳迹，窮途安足論。但得四時歡，保持在一身。

其二

三年旱與水，我生適遭遇。大水傾人魂，骨斷淮南路。更逢旱魃殃，天心何不悟。奇荒想

異術，難救涸轍鮒。禱祝懸空臺，赤日驕嘉樹。好會欲爲歡，恐生林壑怒。頫首念蒼生，反令臥賈傳謂司農。諸子各有懷，匪但《鸚鵡賦》。惟我誠獨苦，辛勤勞内顧。愛此修升□，相從豁幽步。帶晚望隋堤，惟見哀烏訴。時歲多變遷，安□不道故。

紫芝篇·贈李季子

浪游耻彷徨，楚天白日暮。悠悠念舊人，歡與季子遇。人情各已新，門巷欣從故。爾迹雖沉淪，終歲篤所慕。懷情善遠游，迕俗見幽趣。握手傾素心，揮杯適閑步。閣外多風飆，庭梅歷霜露。疏右復欝盤，好鳥時一顧。頫首摩蒼根，拳然紫芝附。蔭此靈山草，由來六丁護。家世豈不偉，當保百年樹。何必升商山，黽勉續君賦。

續晤宗子發

嗟余怨飢驅，晏歲苦飄泊。行旅犯嚴霜，僶俯慰寂寞。狂嘯若懷人，對君破寥廓。相與篤平生，志意欣有托。日夕每劇談，儼若陟靈嶽。君心如岱宗，俯視但落落。高節快淹留，桑榆不爲薄。甘心樂困窮，洋洋富著作。和氏亦何愆，君平獨蕭索。末流不足處，栖心固真恪。昨別已三年，今別亦如昨。

同李艾山、宗子發、李季子、王景洲、歙洲集（下缺）

萬方烽候警，淮水固不涸。有地堪徘徊，何□□□壑。乘興姿薄游，霜郊望山閣。發地□□□，□□都如削。山意在江南，襟帶繞城郭。獨□□□□，險峭疑靈嶽。下視野草枯，青葱黯林薄。□□□層陰，奔雲紛漠漠。人老似山懸，楓散如花落。□彼豪華子，不如真寂寞。

同吴岱觀、吴菌次即席偶成

我學松柏隐，諸公各有托。多携稱心友，□□□結惡。淹留挺逸趣，平崗任蕭索。不對及□□，□□平生樂。征鴻時一顧，轉眄夜穿幕。□□□□暮，但期無愧怍。

書公梅園亭

濟濟天寓中，江淮見國士。清風激當□，□□□朝市。作賦擬子虚，群書貫幽旨。中

□□□榛，暮年歡黃綺。白眼何寥廓，義士競□倚。懸榻羡南州，刎頸吹張耳。氣誼滿天涯，平生許鮑子。愧我締交遲，澄懷篤喬梓。□□□榆時，結言願終始。佳時爲此別，此心常□□。□風起庭隅，好歌當繼晷。顧謂四座客，□□□薜芷。莫問天地荒，頹然罄樽罍。

壽閔翁

山川阻且長，極目起高鳥。晨風度歧路，細雨被秋草。我車振前途，送我千里道。客思苦綿連，鄉情日紛擾。惆悵泊江涯，若有好懷抱。有客自廣陵，晤我六月杪。爲言閔壽翁，開樽傍瑶島。咄嗟祝千秋，彭聃尚爲夭。蘭玉茂前庭，好月恒皎皎。樹德在平生，鑒之以蒼昊。

題書巢飲犢圖

神龍安可遁，騶虞亦當衢。物變感所思，徙倚獨躊躇。翹迹懷潁陽，天地與我俱。聖哲不可覯，安能事庸愚。緬想[一]飲犢人，自與常流殊。相思無終極[二]，道大良難拘。我心將何爲，頫首慨桑榆。卓哉褦襶子，結志良有餘[三]。

按：卓爾堪《明遺民詩》卷五亦載，題作『題飲犢圖』。

【校勘】

〔一〕想，《明遺民詩》作『懷』。

〔二〕相思無終極，《明遺民詩》作『志堅不可極』。

〔三〕卓哉褦襶子，結志良有餘，《明遺民詩》無此兩句。

陸懸圃五十

□□甘放廢，識密迹亦疏。探□□□□，□□□□□。□□□稱避，曾無干謁書。□□□□□，□□□門裾。知心有遺老謂李廷尉映碧，□□□方輿。榮名莫能眩，篤志守故廬。落拓□□□，自信不愧蘧。白頭不肯字，望津泣枯魚。□□三十載，安心困鹽車。出處各有道，君子□□初。晚節誠獨難，終當振殘餘。

贈王石袍

昔日君之師，吾之老伯父。同學二三子，□□□□杜。嗜古獨非今，末流誇砥柱。

□□□□□，潦倒困居廡。握手問鹽城，馮夷欺弱□。□□□濤中，流殍盡編户。對君望故鄉，春色空延佇。

題人萬執經圖

氣候變昏旦，微陽照我衣。芳草亦已歇，頫首□餘暉。徘徊悲路窄，游子胡不歸。眷言念同好，丘壑相因依。居常慨流俗，適己蹈輕肥。矜□□□足，寧復知其非。疇爲執經者，黽勉嘆精□。□□契人萬，篤志能弗違。同聲□朗朗，愛□□□譏。念我感物嘆，垂垂□欲稀。白頭拾海□，□然守故扉。

壽吴君仲□十韵

昌運逢千載，家臨楚水陽。高山垂事□，□□□羲皇。邗上經三世，天都應百祥。華□□□□，□道衆賓光。鳩杖臨清景，□笙奏曉□。□□來照夜，瑞藹暖浮觴。燕翼謀應遠，蘭□樂未央。群游□不斷，有美玉成行。王母蟠桃酒，仙人薜蘿裳。五花將欲發，醉裏復登堂。

客中別友人之江南

薄游鑒明月，北風吹我衿。道路將□□，□□□下磶。感物懷殷憂，好鳥鳴深林。日夕□□□，□目無知音。繁華見憔悴，悠悠獨傷心。□□□□念，霜前倏已臨。□語吐芬芳，携手各相尋。盤桓□□□，將結吴越吟。送子渡邘溝，大江水益深。□□□風波，□期定開襟。

題孫大宣廷尉想園，兼贈坦夫

卓哉故廷尉，古道追太始。中原遘喪亂，投冠歸□里。拂衣草莽中，長嘯悲逝水。隨山結想園，鳳詔徵不起。高情屬蒼天，勵志懷波美。賢者謝世□，達人貴知己。爰白寅卯間，相識淮陰市。愛我□歲寒，長揖桐軒裏。晤言不能罷，伊予愧□□。□□餘年中，日夕思黄綺。良嗣想□深，真能□□□。先後篤彝倫，一任滄桑徙。崩騰壞流□，□□□君子。

題喬聖任侍御柘溪圖卷

京華游俠地，何如托栖遲。朱門固足榮，兩世聲不虧。前爲柱下史，心迹死不移。著書破萬卷，汩□如綆縻。解組歸南服，達人共所□。柘溪結茅屋，憩此樂期頤。有子爲名臣，□□□□施。偶爾遘清暇，引勝過田居。息駕念□□，展圖索我詩。晚俗不可更，黽勉登王畿。□□□多美，芳名當自期。

贈鄭山人

夜雨風氣凉，僧院聊躑躅。長嘯愧吾生，愛□□情欲。十五便出游，行旅戀朝旭。絪氳結風徽，□□遍海曲。詩從孤客生，畫緣轗軻觸。布懷□□□，平原自相督山人喜臨顏魯公書。寫生感神□，□有天工續。豈不識高邈，動輒脱流俗。念爾吐芳訊，談諧謝榮辱。技以精神通，情爲周旋篤。造藝本無期，得意更不足。平生學與思，流晷逝難贖。

俁園假山石

周覽躡山巔，居然峭石壁。林木繞清陰，不見壘山迹。亦如善畫者，坤隅俱尺幅。山意固□□，土壤徒逼窄。雨歇一山青，月來一山白。良游常蹉跎，猶疑過江麓。

其二

極目淮之南，再望江之北。淼淼射河東，大海復□□。周遭數百里，絶無山可屋。鉢池一丘土，廣陵蜀岡促。江湖河海中，塊然居坤腹。勝游眷嘉園，昂首曳雙屐。側身處其巔，嶙峋一壁。虛中固不屈，不見壘土迹。亦如善畫者，疆域具尺幅。山惟泰岱高，土壤徒逼窄。凡山□自卑，泰岱終□□。

雪霽同鄧孝威、許元錫、張孺子集范十山笏圃

薄游憩東皋，雪後散晴霧。欲步城西門，輾轉愛嘉樹。泉石能自幽，好懷各已露。願結平生歡，當如金石固。揮觴戀故人，來會定何處。有情念閭里，水滿江淮路。我亦懷歸者，不禁霜鴻度。

贈張隱士

薄望山之巔，卿雲亘千里。巍然見雉皋，□海横地理。隱淪既有托，禮讓何濟濟。良辰□

幽懷，盛德難窮紀。居廡協遥情，山雲愛松□。以兹寄高足，取配於陵子。

贈别潘山人

偶入東皋城，北風何凛冽。交游泠客心，羈人計日□。寒水已漫漫，人情正汩没。惟君隔千里，早晚難促發。有情知望鄉，陶思更飛越。我居在射州，别離難倏忽。旅館驚歲除，惟恐添白髮。擾擾整雪裝，回顧歌聲竭。今君正少年，不媚窮途骨。聊以寫丹青，舉手萬山突。終當邁良時，莫愁空兀兀。

答石月川

無端頻悵望，浪迹真可哀。落拓成知己，念爾常追陪。往來盡誇許，好學人所推。弱冠破萬卷，獵史已四回。萬言一瞬構，著作移斗台。小家琢□□，□之若嬰孩。殷勤惠大篇，使我鬱憂開。爲我發驪歌，枉駕不遽回。好友多眷戀，晴雪媚高台。莫負平生别，携手重徘徊。馳暉莫能挽，百慮參差來。倏忽春草拂，誰肯甘塵埃。惜哉爾未遇，尚能困龍媒。天運有遷易，終當報爾才。

答張孺子

迢迢北風發，霜冰亦已堅。客游倦晚歲，萬盛盈樽前。欲抒獨往意，日夕親高賢。扶笻造斗室，芳樹臨河邊。坐談得嘉論，國士堪比肩。嘗語安期術，更説維摩禪。五伩肅心境，但恐留微愆。逝水流日夜，造業務新鮮。簫疏望矩步，動輒何用全。約心固如此，所抱寧徒然。

皋城感懷

寄世苦不順，所遭無一全。灾患叠以至，落□□□然。浩嘆莫誰訴，慷慨亦足憐。蹤居華池側，無心游盛筵。終日迎佳友，來往空周游。心賞在寒夜，轉喜冰雪堅。孤影相輝映，冬盡氣亦遷。振振促歸心，明月已下弦。世人輕出家，達士當自嚴。夙承古人意，舉動由蒼天。方寸苟不亮，趨命何□□。

江狐篇

終年絶歷覽，偶陟雉城巔。望之亦已盡，川渚多連綿。白雲抱岩石，憩息臨清泉。感物正高嘆，憂思忽已懸。勉强慰歸路，穢獸當我前。爪牙固不厲，鬚毛亦鬖然。故作咆哮威，終同犬豕眠。攫物窮江表，善吐貪狼涎。子孫復衆多，窟穴通兩邊。娉媒學人語，狡猾欺蒼天。我亦幽居客，觸之生惡緣。嘆我爲饑驅，公然索我錢。叱之曳尾去，試問爾何權。

張鞠存吏部六十

獨有清秋日，高雲任寥廓。快意學松喬，聯翩御飛鶴。軒蓋已雲至，共進長生藥。既貴復能仙，俯仰忻有托。□□□□□，清風激林薄。嘯咏鑒蒼天，歲華眷真樂。□入承明廬，將復趨紬閣。繼美得飛寸，矯矯凌風鶚。弈葉振淮陽，世世無愧怍。

壽虞山母八十

三月之五日，拜母春正晴。群賢各已至，開徑引高旌。念母當日心，遠佐司馬行。目極萬里外，能談百粤兵。蠶月觀時易，垣廬刁斗驚。辛勤積寒暑，文綉亦所輕。哲嗣甘淡薄，探道足平生。深心托風雅，樸素成孤名。獨立迕時議，德暖識亦明。不羨毛家檄，皤然事岩耕。

爲陳孟仁題册

淮海困鴻潦，商羊舞野庭。垣廬自頹毁，當懷撫字情。撫字有太丘，良嗣佐經營。今日寄荒邑，他年爲國楨。疇昔抱異志，一枝愧平生。歷歲多慷慨，□想入高冥。構齋玩萬物，醉琴斂神明。伯玉可比肩，今古有餘清。前修以自勖，道盛足成名。

爲金兄題像

追昔淮海時，□侶卧高館時設帳子度家。笑談任縱横，相近忘春暖。於今四十年，石交亦所罕。不爲歲寒欺，君懷一以坦。率性不外求，恒苦人情短。博學負雄名，聆善多所感。殷勤督棗梨，心與鬼神伴公梓《感應篇》，并撰放生戒殺諸文行世。以兹好善心，日月垂光滿。孜孜勵後昆，五更殊不赧。寫生更有神，不愧在雙眼。妙手得君心，盛顔出修管。山瀑與松濤，相傍都不散。貌君七十翁，吾年亦不晚。舊游結新歡，古道樂無限。

題李如石先生書卷後

世變人亦變，君子慎厥初。亮節貴夙昔，官去身退居。耆碩存三老時江南北有三李之稱，先生其一歟。灌溪賢侍御，絜結栖闔閭。昭陽舊廷尉，水濱獨結廬。先生更孤介，斗室日著書。不受侍郎誥，千載得良譽。亭亭高山柏，抗懷托太虚。遁迹寡儔侶，歡然不棄予。□色論經術，握手共唏嘘。自言作書法，寧使骨有餘。嗟哉展遺墨，高風亦儼然。

題王氏瞻園閣

朝游闔閭城，夕息鄧尉麓。朱殿拂雲開，元墓深蒼木。積陽熾自南，十里梅花屋。好雨遂成霖，和風煽坤腹。飛鳥忘輕羽，游人厭平陸。結伴俯重陰，流珠散飛瀑。懷往眷林薄，慨然送遠日。纏綿瞻白雲，風木響千谷。揮袂聽古松，濤聲驚萬斛。構堂向高山，山高快幽獨。回闍啓層巒，悲思何肅肅。馬亦仰天鳴，報本成高築。不畏嚴霜欺，千載留芳躅。

贈馮令君

碧海流祥雲，若與滄州近。雲心何油油，隨君到淮郡。淮東當水衝，勞君獨籌運。辛勤撫孑遺，流殍都歡覲。齊聲和樂只，歲改獻春醞。曠聞風中琴，珪琳擅清韵。希世篤貞操，令人斂方寸。我亦窮居子，感君春幽遁。徒遭世俗詖，累累荷芳訊。既已辱所知，子姓復叨訓。何以銘嘉懷，永言布歌咏。

感懷五首

秋風日以老，貧賤俱相尋。抱影獨愁怨，浩嘆歸高林。謳吟不能去，感物在一心。防口固當慎，愛己如惜陰。鬱鬱望鄉邑，漫漫起沉吟。何以放慷慨，揚聲悲古今。豈無一夕好，明月照知音。

其二

新知何漫漫，登眺亦不倫。好山多悲風，俗情賤舊恩。千里既綿邈，計拙捨衡門。迢迢望歸路，蓬轉如星奔。構思寄良會，羈旅倦行樽。江月何皎皎，高歌慰驚魂。

其三

清商發中夜，徘徊聽江雨。悠悠起長思，脉脉常不語。所遭非故物，况復來碪杵。焉能不傷感，蹙蹙窮所處。但畏旁人嗤，凛凛遞時序。獨宿如重圍，何時歡樂舉。

其四

彷徨入江署，鬱鬱多所思。日夕臨長風，言笑傾良時。放歌正激烈，浩蕩無窮期。茫茫望四極，回首嗟黍離。中宵獨寥廓，秋蛩一何悲。自慰夙昔意，幽懷與路歧。

其五

我爲遠行客，轗軻多悲辛。誰能偕我游，京江有故人謂何雍南、程千一。中心共徘徊，酬唱窮宵晨。馳情各有托，眷言愛德鄰。環望望故鄉，慰我誠殷勤。葉落秋復深，寄世如飆塵。

登北固望别君

伫立北固門，游子競渡滿。俯視清江波，滚滚不常坦。飄風揚高塵，去客别江館。束帶脱吴鈎，奔馬下荒坂。揚樽倚惆悵，眷念征途遠。綿綿睹形神，回身望忽斷。我亦遠游人，歸懷更無限。久客愁離聲，途窮悔計短。疏柳曳長飆，蕭蕭秋木晚。

晚秋念歸

江石何磊磊，遠邇送秋目。悠然見浮雲，不知何所逐。日夕山氣微，須臾蔽川谷。馳騁夫何爲，萬籟俱已伏。我亦安所之，離憂結心曲。寒節降重陰，形影自相促。浩難徒慷慨，何以慰幽獨。

同諸子集巢民先生水繪園林 并跋

白日照東園，古寺晤亭沼。殷勤招上客，敞筵向山表。我欲藉山栖，扳雲入幽島。逸足駭奇峰，天孤風不繞。暖氣出層巒，寒榮若春曉。嘉樹流好音，蒼鷹擊深鳥。如此事中情，隱淪難獨保。吁嗟動感傷，放歌呼太昊。聊以布所懷，揮觴破潦倒。清談暢素襟，舊臘念朋好。物謝歲已晏，年往樂不早。願酬日夕歡，高山托懷抱。眷兹秉燭游，歸路何草草。

予生平未嘗至皋，皋之耆舊，惟徂徠山人、巢民先生爲最著。予於二十年以前，獲交徂徠公，又嘗於寤寐中，欲坐卧水繪園與先生相晨夕。今來皋矣，坐卧水繪園矣，屢與先生相晨夕矣，生平寤寐之願復已酬矣。回憶三十年以前，所交徂徠公，亦既賫志以歿矣。過其居，鞠爲茂草矣。詢其遺事，不禁潸然[一]出涕矣。今先生又皤然而老矣，予又將裹病而不復游矣。所以撫膺長嘆者，不獨重今昔之感，抑且轉眼多變遷之態矣。古人云：『死生亦大矣。』豈不悲哉！瀕行，囑書近體三章，選體一章，以志别意。壬子[二]臘月望後四日。

按：冒襄《同人集》卷七亦載。

【校勘】

[一] 然，《同人集》作『焉』。

[二] 《同人集》『壬子』前有『時』字。

夫役嘆

春亦非我春，秋亦非我秋。天地至廣大，夫役何時休。冤鬱不及伸，鞭笞亦無繇。朝赴大江潭，夜宿淺水洲。冬衣不掩膝，炎炎暴老囚。誰復念死傷，群怨何能酬。

淮民苦

淮民真可憐，憐錢不憐肉。爲惜妻兒啼，投軀作夫役。誰知役不休，終年赴河築。築河河水深，霪雨没平陸。有吏不給錢，無端捉人速。甘心嘆棄捐，誰恧沿堤哭。既春復已秋，何日罷征牘。

會秋堂詩集卷四

五律

觀楊椒山獄中所書梅花詩卷 小引

刑部冀某提獄，藉憤椒山以忠直受禍，椒山感之，即于〔一〕獄中作梅花詩書卷以贈，冀世守之。

文章與節義，千古獨森森。馬市丹心烈，梅花白雪深。權奸摧正氣，天地重知音。未了平生事，相思直到今。

【校勘】

〔一〕于，趙輯本原作『予』，誤，據文義改。

將抵金陵，兼懷顧與治

冉冉征雲散，簫疏望石頭。眼空蒼莽夜，人去亂離秋。蟲語宫墻怨，笳聲松檜愁。故交不可問，何必在丹丘。

寄三峰碩上人

十載相思夜，三峰竟未過。風高人迹少，月上水聲多。杖笠誰同調，鄉園獨倚歌。慚予千里外，白首念蹉跎。

海陵道中　二首

牧犢墩臺上，村童自放歌。稻田催野鼓，柳岸夾長河。犬識維舟客，萍翻戲水鵝。何如被灾地，卧榻總流波。

望中村落滿，無地不桑麻。岸繫□民艇，風飄早稻花。溪邊鋤豆婦，舍北打魚家。日暮人都醉，依稀樹影斜。

鄧使君册後二首 有序

鄧性者，南昌人也。爲臨淄令，性伉直，争大體，據法守正，以善政聞。會柳村民人趙恩以招商爲生業，有客止其家，暴疾死，邑之豪貴以隙案趙氏。鄧知其冤，脱之，豪貴自是莫敢復議趙氏。趙氏感鄧德，像而祠之。

慷慨臨淄令，清風感□游。擿奸分枉獄，挫勢脱深囚。循吏誰能繼，高名此獨留。莫輕身後事，祠廟正千秋。

其二

驛路青山遠，悠悠淄水渾。爲憐茅屋客，幾斷柳村魂。秉法權奸遁，維時直道存。但知遺像在，何處有奇冤。

題後樂亭 二首

河衝復海漲，無計問蒼天。歲歉荒官舍，軍興減俸錢。百年村落少，四境孑遺遷。侯亦何曾樂，憂深衆務先。

其二

後樂知侯意，三年葺一亭。政從□處簡，漏向此中聽。北牖難高卧，南軒獨快醒。救荒賴良牧，終勒太常銘。

晚泊京口遇風

千帆忽已隱，獨幸到江邊。鐵甓東浮海，銀濤晚泊天。岸危孤客立，風急衆山懸。處處鐘聲起，誰能惜暮年。

題顧麟士先生遺像册 次先生齋中晚望韵

客路當河決，維舟滸墅關。感時聞賣蘖，憶舊對名山。道路鬚眉古，忠魂去住間。晨星今落落，猶幸見生顔。

晚春過江南

病裏天涯路，平生總讓人。邊關深夜調，冠蓋過江城。鐘度林間月，花留洞口春。南來兵甲滿，何地勿通津。

閏五月端陽客邸作

五日今當閏，家人莫漫過。客愁逢節苦，交廣觸邪多。盡醉餘花勝，添歌寄汨羅。念予更蕭索，新月上岩坡。

壽邱參政

蒼山望已極，高枕歷羲和。直道垂家世，秋風好咏歌。人文江北少，功業漢陽多。酒債尋常事，承歡散玉珂。

經清水潭書感 二首

大築勞民甚，何工不是疏。歷年成漏弊，七邑久離居。官橐金錢滿，朝端白簡虛。中丞原有策謂潘公季馴，全不畏誅鋤。

十載淮南困，空懸聖主愛。官門俱暮夜，河道總虛舟。埽捲千夫命，金填七里溝即黄河嘴，五决五易，上年漂一大埽，夫子五百名，隨波捲去。盛朝猶殛鯀，何况短才猷。

寄鍾山老布衣二首 謂式之、半千

一徑青山裏，城闉映翠微。高懷□□□，□□任依違。岩樹迎人出，江雲趁鳥歸。

□□□□□，誰復挽餘暉。

其二

霜堞晴江外，鍾山每獨臨。路回通木末，□□□諸陵。畫法皆松柏，詩情篤友朋。慨然□□□，白日見升恒。

九月九日，同吴岱觀、吴菌次、丁飛濤、左取□、高璁佩、柳公韓、范汝受、白孟新、冒辟疆、程穆倩、孫坦夫諸君集平山堂四首

聚散干戈裏，□期醉廣陵。遠峰隨眼□，□□慨塵崩。志共秋霜潔，山緣古迹登。郊園□□□，盛事樂頻仍。

其二

鄉關天外出，令節晚秋明。半閣青山近，分□□□平。觴來猶泛菊，歌起更調笙。十里横雙塔，蒼茫見月生。

其三

登臨歡此會，江氣繞邗關。客久棋消日，秋□□映山。放歌林際響，躡磴竹邊還，倏爾□□□，憑樓一望官。

其四

薄望秋無際，舟浮曲岸香。醉來重□□，□□更飛觴。兵甲□雖遠，茱萸亦已荒。□□□□□，訪□結山堂謂金長真觀察。

京口夜警

一夜烏巢散，山中總罷耕。雪霜留殺氣，刁斗帶江聲。晝堞朱旗繞，鸞鑣皎月生。營門烽火起，莫敢嘆休兵。

題馬西樵西閣

不讓西莊古，蕭疏又一村。鳥聲通北極，地脉走中原。坐領江山色，人因翰墨尊。殷勤重吾鄰，日日過高軒。

題西樵柿葉書屋

閣外尋書屋，微陰護楚材。曉雲曾過宿，獨樹半生苔。學古人風□，城荒海氣來。關河兵甲滿，弈罷共徘徊。

俣園觀菊

三徑仍秋意，經冬始發花。白衣分夜色，緑酒綴晴霞。月度擎英會，香依問□家。頹然共一醉，何用杖頭斜。

同人訪妙岩公主遺迹　在依園後，梁武帝之女

日出江風起，難聞畫角哀。習池佳客到，古迹衆山來。自發前朝樹，還登帝女臺。賣花春雨後，幽興足徘徊。

題張枚三六十小像

有酒對知己，蒼髯甲子逢。孤懷高百世，一杖倚雙松。過眼滔滔水，閑情處處峰。生平無恨事，常畏北門鐘枚三住北門，城樓有古鐘，重萬觔〔一〕。

【校勘】

〔一〕觔，趙輯本原作『斛』，誤，據文義改。

青蓮庵

予未至青蓮庵，閲楝居諸作，知青蓮爲淮山勝地，爰走筆賦五言一首，從楝居之後。

淮山無避地，惟説鉢池幽。更有湖蓮勝，偏教我未游。孤禪依一水，萬柳隱深秋。何日携筇到，微吟雁鶩洲。

雲門寺梅下，觀晋人金書，兼摹唐敕，走筆書後

金書非近物，皮紙故王來。代久存拳石，天陰蠹嶺梅。晋人無可慢，唐敕已成灰。薄磨惟循舊，蒼筠用作材。

俞康侯官長沙三十年，今迎駕上策，書此爲别

明經年八十，曝背老長沙。爲愛古藤好，能容惡竹斜。朝天濡白髮，上表透黄麻。欲展南州榻，康侯自有家。

寄挽魏處士冰叔四首

布褐存知己，風期重易堂。素心真慷慨，古道即文章。一夢連江月，孤光照屋梁。有妻能餓死，攜手話綱常。

其二

感君己未歲，曾寄數行書。激切憐子老，飄零與世殊。生能揚正學冰叔著有《左傳》并《易堂文集》行世，死不上安車時以博學鴻儒詔用，固辭不就，因致病。嘆息斯人去，真如喪古初。

其三

投交三十載，聚散總揚州。經術因時絀，心肝與道謀。樸惟存太古，氣不讓高秋。多少平生恨，難將一死酬。

其四

寧都魏處士，惜别自吴門。有弟曾傾篋庚戌冬，予稽湖上，和公曾傾囊爲予整裝，難兄尚伏冤。

素懷高一世，浩氣盡中原。遥寄招魂□，悲聲托野猿。

吊魏夫人 有序

庚申十一月，吾友魏叔子病卒於真州，夫人謝聞訃絶食，戚屬家人勸之不從。叔子吊和公長跽榻前，請立嗣子，勉俟櫬陶以决志，又不從。和公復誓曰：『願没齒以母事之。』終不從，餓十四日死。謝之死期於三年以前，以叔子痛兄伯子之不得其死，鬱鬱於中，兼以徵書猝至，有司堅迫就道，知叔子必不從，兼慮其不能久存，故從容矢志於三年之前，而慷慨自絶於十四日之後也。嗟乎！取義成仁，綱常自負，豈非烈丈夫哉！

真州訃音至，半月只呼號。誓死期三載，甘心殉一儒。明賢知義重，旅櫬倩魂扶。婦道通臣道，無慚兩餓夫。

其二

夫子吾知己，幽魂悵夕陽。哀鴻聲隱隱，孤櫬夜茫茫。餓婦矜名節，捐軀并首陽。但明生死義，巾幗挽乾綱。

次胡天仿韵，爲褚心瞻題晚翠堂

相看足朝夕，緑蔭倚天真。堪繫青絲綬，能閑白髮人。山中原有地，林下自無塵。瀟灑容杯酒，留連一樹春。

坐留雲堂致主人

荒荒餘白日，暮景坐雲堂。避客收凝翠，幽居斂衆芳。風沙曾不到，天地兩相忘。偶爾見霜雪，何妨鬢髮蒼。

登焦山懷喬子静

茫茫一回首，秋盡和君詩。感慨宜深谷，飄零憶故知。地連相識早，江闊念歸遲。十月風霜起，君情自不移。

其二

佳友令吾老，平生穢漫圖。好山多眷戀，落日到菰蒲。客路常愁晚，鄉心總不殊時子静亦留京邸。千峰極一望，何處海雲孤。

秦郵道中感事

客路正黄昏，維舟野殿門。捉魚多倔强，沽酒入鄉村。道滿征夫檄，啼殘寡婦痕。饑寒迫萬事，潦倒向誰論。

其二

江淮分去路，一望晚悠悠。驛馬愁飛檄，漕船壓衆艘。青樽聊永把，紅樹不勝秋。無限征人夢，飄飄落水頭。

早渡林澤

隔岸歌聲發，風高急野航。樹多懸古寺，帆際落青霜。月没空潭影，舟開起雁光。往來湖上客，歸思共蒼茫。

其二

荒樹寒鴉出，危橋早犢過。雁分舟子話，田作水萍窩。茅屋霜中隱，溪濤望外多。堅冰傷臘盡，無以慰蹉跎。

初秋同人再過留雲堂，即席賦致主人

黄昏秋雨後，花畔復來過。白髮矜良會，青樽戀好歌。雲堂新露冷，石徑古松多。相對獨吾老，殷勤奈别何。

其二

秋到易生凉，人傳花外香小奚有弄花者。歌聲常隱隱，酒意更茫茫。畫鼓松間出，山冠夢裏荒時閲仇英《高士卧隱圖》。疏燈猶未熄，珍重此雲堂。

七夕集飲留雲堂 得歌〔一〕字

秋色高松外，相逢再和歌。山深寒氣入，人静好雲多。今夕當分酒，飛星正渡河。不須霜信早，來會定蹉跎。

【校勘】

〔一〕歌，趙輯本作『歡』，誤，據詩韵及《旅寺七夕》改。

旅寺七夕　仍用歌字

恍惚秋山夜，蕭條旅寺歌。樓中思婦起，河畔坐僧多。月落機絲冷，更深鵲夢過。飄零念友誼，歸路已蹉跎。

次雲漸韻，奉懷秋崖

獨坐安宜久，懷君倍惘然。風塵能北道，關塞已秋天。客思誰分酒，湖陰好泛船。不知何日到，常見月孤圓。

胡天仿、汪季用、潘若谷、夏斗岩同集蔬枰，賦得『青陽逼歲除』，得除字，時大水

僻地仍多故，愁心逼太虚。征霜鴻欲斷，荒邑歲難除。猶滯江淮客，同驚鬢髮疏。只因春色近，留戀野人居。

其二

山樽□□□，□□□□虚。客慮葭烟老，人將物變初。臘深鷺聚散，春到亦籧廬。一夕百年事，悠悠欲歲除。

金山 得門字，三首

有客隨山路，相尋又一門。荒城横塞馬，白日上江豚。月涌前峰塔，僧召自古魂。清塵雖不盡，猶勝石壕村。

其二

寒碧虚沙立，山懸野火奔。畫船衝寺面，霜堞鎖江城〔一〕。今古風波地，魚龍變化門。已知歸路杳，處處總黄昏。

其三

日暮徒栖泊，往來空自喧。孤峰懸悵望，千壑總潺湲。隔岸人烟斷，高台佛法尊。西風霜雪近，回首失江門。

按：卓爾堪《明遺民詩》卷五、鄧漢儀《詩觀初集》卷十亦載其二，題作『登金山』。

【校勘】

〔一〕城，《明遺民詩》《詩觀初集》作『根』。

又咏金山 得灰字

汩汩秋風外，飄然上古台。烟波隨眼到，吴楚對江來。孤塔茫茫立，群山面面開。鐘聲常在水，難度劫中灰。

晚過靈隱寺，訪晦大士

曳杖夕陽動，疏鐘晚寂然。黑猿窺古佛，紅樹鎖飛泉。道氣千山〔一〕外，秋風一杖前。不須復登眺，飯罷學安禪。

按：卓爾堪《明遺民詩》卷五、鄧漢儀《詩觀初集》卷十、厲鶚《增修雲林寺志》卷六等亦載。《增修雲林寺志》題作『晚過靈隱寺訪晦山和尚』。此詩末，趙輯本有按語云：『按：此詩采入京江《金山志》，題作「金山」，細繹詩意，金山無瀑布，而靈隱寺下有二澗，會流靈隱浦頭入西湖，疑《山志》誤引，今依《遺民詩》如上題，附訂正之。』

【校勘】

〔一〕山，趙輯本原作『秋』，誤，據《明遺民詩》《詩觀初集》改。

老馬

長城一片月，萬里憶追攀。百戰雲衝塞，千霜老入關。不甘終伏櫪，猶望牧秋山。自古沙場恨，難留血汗還。

不寐

北風連夜至，兵馬亂歸期。獨客山鷄早，無眠曉漏遲。塞鴻驚宿侶，江樹倒霜枝。月落城陰暗，鳴鞭總發時。

贈阮生

獨看徐步意，天地各悠悠。落拓無儋石，逍遥有杖頭。青山常在眼，白髮自登樓。耕鑿何須問，飄飄任所流。

江洲晚别

同作江南客，知君去復回。離鄉看雁度，送别見潮來。千里蒼茫夜，一帆風雨哀。渡頭紅樹滿，重憶故人杯。

别千一

萬山隨爾去，孤旅念君情。歲月離人重，文章避世輕。壯懷窮獵馬，寒雨暗江城。莫嘆秋蓬轉，無心白髮生。

按：卓爾堪《明遺民詩》卷五、鄧漢儀《詩觀初集》卷十亦載，題作『得程千一金陵消息』。此詩末，趙輯本有按語云：『按：《遺民詩》題作「得程千一金陵消息」。』

訪益上人不遇

杖藜尋晚照，天地任憑依。寒雁幾時到，山僧尚未歸。蓮花栖客夢，秋月冷鷗衣。爲愛幽居僻，還來問竹扉。

得家書四首

歲月忽已暮，誰堪首重搔。荒城愁水闊，逆旅畏秋高。親老難爲客，山多轉易勞。寒衣雖不至，處處有綈袍。

其二

出門不覺遠，游子畏孤征。旅夢經三月，鄉心又五更。荒鐘連夜雨，早雁度江晴。莫謂歸期晚，秋深見客情。

其三

望極淮南路，寒碪處處清。高堂驚節候，稚子計規程。旅思青山遠，秋風白髮生。戍樓常擊柝，何以別江城。

其四

僧關終日閉，多病獨徘徊。游子金陵去，家書鐵甓來。興緣孤客盡，愁逐大江開。聞道秋霜早，楓殘恐未回。

按：卓爾堪《明遺民詩》卷五載其二。

祝顏東谷五十

愛君能慷慨，五十苦家貧。鬢髮因時改，肝腸向雪真。歌開梅始發，酒放月當輪。留眼問天地，山懷夜夜春。

過胡山人齋中

海嶽歸奇色，方堪待舊游。鶴醒琴自發，人卧月纔收。避俗常爲病，因閑不費秋。偶然平楚外，長嘯白雲洲。

酬謙上人夜坐淮陰釣台有贈

濯足憑僧話，荒磯寄遠愁。水流猶是漢，人坐已非侯。碣石今雖在，頭顱不可求。功名若韓信，凄草夜颼颼。

居桑陵

澗外尋鷗息，秋來可抱書。雨聲親僻徑，兵氣隔荒居。鳥或無心集，人因久病疏。中田屬蔓草，何地可誅鋤。

蔬枰草堂雜詩

闗河不可問，宿草未全醒。晚望烟雲白，天高竹梢青。荷藜招野客，看劍惜晨星。何處長歌發，蕭蕭入遠聽。

其二

一枰閑日月，幾樹古鵂鶹。地静堪聞道，天虚可避囂。奇光發秋夜，爽氣領寒朝。坐久無相答，松聲但寂寥。

其三

宋了學爲圃，蔬枰特異名。於陵洵卓識，元德豈真情。鋤肯留非種，封寧受戛虁。吾家惟拾橡，勤惰已分程。

贈别胡子

萬里明天漢，吾徒寄此游。荒鷄難作别，孤雁更生秋。雲自東陵出，星從北道流。折花相贈意，莫向棘林投。

按：《光緒鹽城縣志》卷十六《藝文》亦載。

春夜答梁公狄

説到春陵事，含情共寂然。三春臨月夜，同調見心平。白骨〔一〕還封道，黄冠且問天。一言無可發，相伴有溪田〔二〕。

按：趙輯本詩題後有小注云：「一作『春夜與社中諸子飲伯玉齋中』。」

【校勘】

〔一〕骨，趙輯本云：「一作冢。」

〔二〕一言無可發，相伴有溪田，趙輯本云：「末二句一作『願從滄海岸，共枕石磯眠』。」

馬上落日，和吴水部

白雲無斷絶，滿地石藤斜。瀑冷沙蹄重，途幽暮草遮。大荒來夜色，逐客過山家。馬上慰相識，曾經宿澗花。

新秋懷朱桐軒

白昔金陵別，懷君沾我衣。時危輕聚散，地僻少憑依。白髮憐同調，青山願不違。如何慰孤寂，秋色滿荆扉。

送邱元甫入蜀

世亂身如寄，行舟且放歌。死生難問訊，天地尚兵戈。劍閣明星掩，龍門夜笛過。沾衣對知己，漂梗竟如何。

歸夜答夏處士

郊野絶人事，披襟木石間。交游俱草澤，出處此柴關。遠望深秋色，孤舟半夜還。願從真隱者，相傍對君閑。

淮南大水，兼傷地震

天心何可測，無處説登憑。路過彭城斷，山連楚甸崩。歲荒難料賊，民賤止如蠅。挈女提兒去，凄惶泪不勝。

渡金山寺

水光開四面，僧定可中流。日落千波撼，鐘沉萬雨愁。山危江欲立，鼉出寺俱游。此夜無塵念，禽魚上客舟。

同人集雨花台

是物含山色，靈岩宿霧封。歸雲投野谷，揮酒贈奇峰。意闊通天表，情深惜夜容。别來惟有醉，滿眼盡青松。

得王筠長書

殘地應多梗，君歸已近年。書開秋析雨，夢入晚城烟。鄉國渾爲塞，親朋半學禪。愁思散蘆荻，笳咽子規天。

桑中螢

螢火空自照，紛紛白露前。依時生敗草，避日混疏烟。竹媚偏於夜，爲光亦可憐。不看著苔石，冉冉過桑顛。

咏菊

一徑流溪石，孤香寄野堂。寒烟對百卉，素色老千霜。夜對山家酒，秋充處士糧。片雲何所忌，籬月自蒼蒼。

古冢

分野纔東楚，行人已夕陽。幽林帶昏黑，好月亦蒼凉。狐竄偷營火，碑殘集鬼光。百年如在夢，風雨吊松岡。

題邊士仇五峰戰馬

赤鬣大宛馬，銀鞍帶雪斑。從龍生死際，報主雪霜間。未傍人歸月，嘗同雁出關。風塵猶不盡，沙嶺托生還。

賦得『秋月不肯明』

一宿長歌發，相依只草堂。虚心延瞑坐，侵夜尚繁霜。寂寞山川隱，蹉跎眼界荒。不堪成獨醉，吾道尚佯狂。

其二

天道已多昧，桃源如更深。畏人還閉户，向月覓前林。且共平生月，相忘出處心。素琴應有待，徵藹見知音。

禪關雪

薄暮阻寒望，山堂只有榛。氣交鐘亦濕，夜至酒如春。質樸隨僧淡，肝腸向雪真。浩然溪壑意，相傍且投淪。

看雲開碪

白雲似相識，幾宿東林家。入夜憑衣著，移碪向月斜。秋聲堪遠托，寒響動長嗟。鄰婦心千里，雲歸夢已賒。

石塘旅舍懷人

白雲挾歸雁，動我故人思。明月荒鷄夜，孤懷草閣時。旅燈歸夢早，野色送秋遲。塵路空南北，披衣坐竹籬。

月夜志懷

一夜依茅屋，三年事藥欄。有懷在西嶽，見月起長灘。雁字横戈外，星文照劍殘。雲收天氣白，何處夜漫漫。

贈新樂小侯劉雪舫

黄葉蕭蕭下，庭空冷自侵。酒寬疏密飲，客久短長吟。世路人情淡，知交我輩深。王孫饒旅次，覓食向淮陰。

中秋雨後答王景洲

蔬枰三尺雨，正是發函時。海國潮尤壯，滄浪水亦奇。托天徒有恨，問世竟誰知。寂寞中秋夜，悠悠繫所思。

其二

羡君邗上會，兄弟最稱雄。天或存吾道，人偏困醉翁。文酣漢前後，詩逼瀼西東。何日《長楊賦》，從容奏澤宮。

按：趙輯本詩末注：『見《昭陽述舊編》。』

老梅　有序

庭有梅，不知幾何年矣，主人有事於四方，遂供途人之攀折。童其頭，折其脅，梅忍之，以待主人歸，力加培護，乃從古幹發新枝，更覺扶疏有致。昔之梅折者，梅之功臣也。爰賦老梅詩，丐和。戊寅冬。

霜雪爲性情，風烟自歲年。將花供俗喜，持幹出孤妍。扳折原爲愛，離披豈愛憐。發枝須直憨，護影不周旋。色香無近味，妙理有真玄。模範欽先輩，尊嚴犯大賢。衆星江笛火，獨月戍城天。春風入古驛，孤山起夜眠。何如車馬迹，芳草更芊芊。

附：奉懷十首

人事兼天恨，難爲此日新。無情看物變，有夢□春深。啼鳥東風亂，繁華暮雨侵。蹉跎吴市客，散發獨行吟。

遲遲春欲暮，初志竟何成。莫問匡時策，空慚辟世名。荆湖方罷戰，閩海未休兵。愁聽長江水，東流似不平。

連兵經七載，群盜爾何爲。倡亂既無賴，投戈自不疑。樵歌春隴斷，野哭暮雲悲。民力東南竭，誅求草木知。

讀書聊復爾，斯世以爲儒。學禮供人面，論交辟禍樞。心隨黄石遠，劍與白雲孤。俯仰悲今昔，吞聲日月徂。

天意存劉氏，謳歌屬代王。籌邊思頗牧，勵志簡賢良。豈有黄巾禍，寧聞赤地荒。如何聖明主，千載異興亡。

豈欲非明聖，其如朋黨存。忌才方授鉞，報怨始陳言。社稷供長樂，安危聽至尊。厲階寧宦者，門户送中原。

星辰諸葛殁，矢志少卿亡。開縣迷春壘，潼關吊戰場。金貂丞相府，歌舞半間堂。空有臨朝嘆，宵衣坐未央。

天險居庸失，烽烟犯紫宸。雲沉黄幄暗，血冷翠華春。勸進誇元老，因時自大臣。只餘逋播泪，江左吊遺民。

余父蹈江左，羈栖三十春。無家從白首，有子任長貧。愧我謀生拙，悲兄作客頻。低徊身世計，百感泪沾巾。

聞説長安道，坤輿不肯寧。江淮頻苦旱，兖豫歲書螟。野曠草無緑，雲空天自青。百年懷故劍，午夜動春興。

按：趙輯本詩末注：『右詩十首，宋繼輝文燦按語：「此詩不知何公所作，細玩詩意，似射陵公乙酉後之詩。但公無胞兄，或堂兄耳？」余編是集，益不能析疑，存而俟考。』

會秋堂詩集卷五

七古

木末亭雪

萬古誰如亭上人，萬古人如亭上雪。當時矯矯植風節，至今寒氣千山結。我且看雲思其人，天地摇撼生凛烈。大書大哭誰能折，千山難奪先生舌。空餘萬古一孤亭，江上流風爲凄咽。吁嗟此日血猶熱，十族遺灰都是雪。

丙辰八月十五日夜，與張文宿對月

是日秋分，兼逢望日，月明至曉

古人見月亦如此，今人見月古莫比。共看今月即古月，古人今人若流水。人生何歲無中秋，但恐中秋月明不復常爾爾。我愛今年中秋月，月大如輪滿不缺。此時正望秋正分，碧天如洗光潑潑。人人望月猶布軍，江上樓台歌謖謖。城邊絲管夜紛紛，人生有此遇，誰不惜離群。白頭勉强及時樂，男子如雨女如雲。堪嘆行樂時，即爲别離苦。江南江北畏征戰，山左山右振金鼓。男子賦詩只寫愁，女子玩月還倚樓。安得樓頭賦詩玩月長相聚，只恐女散邊疆男復戍。噫嘻吁，物不齊，明月團圞戀故栖。關山鐵笛吹將罷，空愛嬋娟醉似泥。樂莫樂兮好時節，悲莫悲兮生别離。眼前愁苦眼前樂，生不逢時月易低。

爲顧荇文題碧梧翠竹堂

平生山水之癖癖奇絶，江北江南游不輟。吴中山水協滄洲，多少才人稱俊傑。名勝招邀不肯停，歌罷吴趨眼光熱。古人盛事亦不殊，往往座上客皆悦。顧子見我獨依依，千載相交貧更切。我愛顧子懷賢何獨真，同心好友結楚人。越客多慷慨，都與顧子争執牛耳同歃血。顧子人奇貌亦奇，清瘦唯餐雲母屑。拉手囑我作長歌，題君别業好藏拙。古人藏拙無不傳，黄葉村中流可啜。我聞玉山全盛時，樓台照耀來車轍。紛紛歌管及時歡，林麓張筵誇甚設。一路青山游騎多，碧澗紅花白雲潔。回岩栖閣風易生，遠瀑飛泉暑亦冽。春天浥露惜芳菲，轉眼春光忽明滅。莫待無花空折枝，有花當折只須折。可憐物變春復老，江南花落渾如雪。追尋但怨春日短，不期陳迹竟如截。顧子一生耻尚繁花居，碧梧翠竹堪提絜。烟嵐遠引江樹開，中間草堂松鶴列。黍苗任意課耕鋤，木石相隨滋論説。清晨作畫追古人，必使利器與錯節。有時忽上群峰顛，邈若升雲搜妙訣。忽爾畫水弄潺湲，忽作虬柯骨如鐵。屏障分開一片山，直掘千秋混沌穴。君當謝我作歌歌已成，歌成一惜平生别。

答王象山

黄河南下走東海，海上孤城如欲摧。浮雲飄揚水不去，大呼河伯誠哀哉。南望昭陽亦如此，白黿時上滄浪台。我今浪游不得意，後門謁君前門開。君家世族長大槐，琅玡身價誰不愛。轉海回山傑士多，誇君父子名當代。磊落雄才凌古人，却顧海客情能快。壯心遂與白頭親，把手問天同一嘅。平生高潔飲中仙，自立蒼茫六十年。醉來唱和父與子，元氣淋漓真脱然。常來招我北堂坐，暮倚庭槐天臘前。分曹賭酒發狂笑，世態於君何足憐。我輩窮途俗眼白，感君賦詩贈海客。青眼高歌魂魄驚，别來夜夜常相憶。何時鼓枻過我射陽城，勸君父子放懷飲酒各一石。我亦有子能作詩復能作字，贈君歸來懸一壁。

題壽星圖祝武令君

南極老人來八溟，早跨天池稱巨靈。手劈泰華弄日月，慣持冰桃趨王庭。曼倩直指王母使，翩然來授神仙經。老人自壽壽人國，人能自壽德乃馨。天官書著五帝座，輝輝後步郎官星。猗嗟我侯應列宿，荒田一念三千齡時侯爲鹽邑，陳荒田萬頃於上，奉行豁免。從今祝君祝無已，童叟都勒肺肝銘。願借老人進杯酒，更獻沙頭雙玉瓶。姓名高録御屏上，特擢賢良兩鬢青。

挽孫孝則吏部

文游台畔步芳躅，一時名振珠湖曲。正色立朝月旦尊，但願能留真面目。讀《易》一遍如酒醒，孝友堂前月可掬。皤然吏部口碑同，不許天吴翻地軸。天吴八面陰氣橫，目擊流魂漂四瀆。洚水西瀉黑山崩，排空巨浪天潢覆。浪裏繩牽骨肉多，吏部傾心恤賣鬻。瓠子悲，宣房築，流民圖進監門哭。恬然就逮死不移，盛夏霜飛鄒衍獄。精魂高托箕尾星，千秋萬祀勞尸祝。

題三笑圖贈許山人

蒼天日出雲無聲，橫山高唱千樹鳴。一片霜鴻散江水，高人結伴空山裏。仰天大笑驅不平，響應空山勝曉鐘。曉鐘不若老拳毒，從容摩頂笑山禿。相看濁世睡不醒，無限高山樂暮景。蒼松更繞朱崖後，捉筆題詩萬山吼。滿天雪來下山去，獨曳孤筇不知處。

贈慕方伯

西嶽崚嶒萬雲覆，自有神鸞附喬木。仰承玉露俯拂烟，一聲清嘯響山谷。堪訝神鸞羽異奇，始知瑞應有方伯。方伯托生既不群，生平事業耻碌碌。高誼雄文世所推，越海膚功振京國。疑是賈生今復來，桑麻種遍西湖曲。特膺寵命臨蘇臺，八閩山巔遂南服。分明視險不足險，殊方建績崩濤息。共誇伊陟與山甫，澤被江南與江北。尤復拳拳淮之民，淮民最苦惟鹽瀆。芻狗百姓誰救之，骨立他鄉少皮肉。真慈一片從公來，請蠲復請詔爲粥。四顧吳山凝雪開，碧霄鸞嘯民歌篤。維我落拓愧野夫，依依繫纜臨江屋。我來執爵來何遲，到處山川壽坤軸。

答孫樹百使君

高雲一片青山開，崻屼遥從泰嶽來。山邑連雲發靈異，中有其人爲龍媒。托足雲天矚八荒，多少岩壑隨挽推。燕石發創驚官府，文章甲第何崔巍。廉吏風聲比漢使，賦詩早看上林梅。桑麻種遍揚州道，遥視海波如怒雷。勁節高揚千萬島，雄謀異略稱奇才。雲擁嶽連楚山起，赫赫飛聲動千里。河上膚功任大鈞，赤舄明鉞誇朝市。安宜城外野歌頻，歡推江淮歡不已。殷勤育德濟時艱，歲歲天吴播洪水。重恤斯民見異恩，極意招徠慰遷徙。保障淮南爲國絡，復能發奸如脱屣。維我煢煢老灌夫，鳴向伯樂嘆知己。遵途綿邈赴芳訊，麻縷蕭條負行李。更念逢人説項斯，果然式廬欽下士。每憑山海見高深，增耀三台自今始。

贈童山人

萬古茫茫天地中，物怪靈奇何不有。惟君之性與人殊，分明畫工把在手。更覺霜鋒□□明，千山萬山如有聲。醉來剖出蝌蚪迹，□起天地精。童君少年不常見，當時史籀□。以下缺字。

贈孫學士還朝

我年六十君五十，君復登車我戴笠。送君還朝春已深，大河分袂連高楫。憶昔與君蔬枰握手時，君方弱冠擅文詞。行年十八拜司李，一路聯翩殿上傳臚、官居學士，道義文章誰不知。異哉學士居官淡如水，年幾四十親甘旨。彈棋賦詩重射陵，歡愛平生如一己。有時興發作大書，龍蛇縱横窺太虛。觀者大叫醉李白，愧我不飲空躊躇。我嘗恃愛發真性，君能耐我不力諍。道我傲骨終不移，到底足根立得定。世間誰復有知心，管鮑遺踪莫可尋。君行早慰蒼生望，况復鄉里奇荒、干戈未息，白頭相别各沉吟。

觀盛上人十八尊者渡海圖

天風獵獵雲靄靄，十八尊者渡碧海。拿龍攫虎不足奇，法力圓通須彌改。高人獨踞山之巔，對面何妨石磊磊。眼中變幻即佛心，千秋萬世佛何在。

題壯士圖贈李湯孫

天邊白雲亦寡偶，崔嵬扶桑白日走。少年青絲忽已蒼，世上恩仇一杯酒。鬱鬱引古論興亡，洗凈甲兵帝復王。齷齪時人寡意氣，眼中俗物分茫茫。壯士寫圖學劍客，胸中不平在夙昔。此身落落無所憑，手把骷髏如怪石。誰爲飲器真可憐，脚就層冰眼矚天。長安壯兒莫敢視，日與昆侖相周旋。平生有氣斯可吐，舞陽孺子不足數。袒肩獨坐日正開，笑破千秋一抔土。

上巳日，同曾青藜、林天友、徐松芝、張如三、陸宇載、姚彦昭、王大席、高淡游、金東宰、潘雙南、鄧聚芝、金筮文、邱素人、石天孫、汪巽三宴集顧迂客園中，兼送青藜、淡游、天友、雙南、迂客北上 依體韵

楚客自憐多老興，修禊依園對名勝。主人不與俗流居，園從竹下開三徑。佳時宴客披雄風，舉動翩翩自不同。人人酒醉歡歌裏，樹樹春宵明月中。更喜慨然發意氣，南北江淮君嗅味。世人交接多感傷，從來白頭轉生畏。可憐貪競意忽忘，紛紛如鬼争北邙。當春絜伴走燕

市，五君高致何昂昂。姑蘇台上初收雨，千山曉翠轡如組。行踪不許芳草衰，遥望北極愁羈羽。揚鞭速趁東風起，山山變色色如綺。無數好鳥贈奇聲，一路連吟到京邸。莫教千里看人鬢，願君努力朝天子。

宴集依園紫藤花下，同曹秋岳先輩、杜于皇、曾青藜、錢宫聲、邱素人、黄獻君、顧苻文、潘雙南諸子限韵

東海灌夫真積弱，往往結交多大略。前年正月趨長途，千山萬山何處著。不見冰開涌瀑聲，白髮扶笻穿凍壑。幽鳥自啼天地寬，南北詩壇正蕭索。曾子代君招我過依園謂青藜，與君握手一定平生約。羨君不愧舊家風，縱横事業秋天鶚。殷勤惟恐歲月徂，日日開筵傾楚酪。元宵燈暗雨中城時元宵後一日，三更燭映傳經閣。遞送佳時等速郵，轉眼盛事忽如昨。是時春藤尚未花，滿園緑竹將含籜。嘉賓雲集笑老夫，無端惡少恣狂藥。我愛主人今復來，感君不爽千金諾。不散詩籌散酒籌，及時花鳥知人樂。蕭疏一架紫藤花，胭脂血染春衣薄。詩狂不厭筆花飛，酒狂更喜藤花落。公子自植蒼龍根，盤屈山邊任交錯。何必尋山縱遠游，好鳥當春欣有托。林際高登帝女台謂妙岩公主遺迹，園丁常畜胎生鶴。晴雲皎月四時歡，牙籤萬軸都精博。我聞孟嘗好客客三千，造食供賓鷩二鑊。

贈陸君繁鍊師

自古學仙笠遇泰，黄粱夢破山河帶。千雲一鶴足平生，不將懶散易冠蓋。醉來白日半西山，每憐蟋蟀喧群籟。飄飄袖拂造化爐，明明劍試鬼神會。龍華正遇甲子時，真仙八百風塵外。兒孫鸛鵠滿天游，落拓儒衣山鳥怪。我來遍覓吴王台，鎮日尋幽酒無賴。夜夜歸時君未歸，片片雲栖丹不壞。獨喜曠然一羽人，寥廓高翔絶塵債。感君真切念故知，説道人情堪一慨。

贈馮邑侯

長江如帶山如礪，淮南澤國水無際。從來水壓海之濱，流民四竄輕如蟻。十年河決水滿城，湖中盗賊全無忌。處處啼號村落空，波濤驚聒聳天帝。何幸君侯赤舄來，建寧藩下薦龍媒。遠自三韓歷楚塽，兩世赫弈誇飛才。口碑尚勒泮泂郡，直接淮陰古吊台。芳草春陰吊台滿，正是青陽節候開。今年春色連編户，前年水勢迷高塢。君侯纔臨一歲餘，周恤煢民當自乳。殷勤請賑復請蠲，特把瘡痍手摩撫。更念鹽民困積逋，債索孤兒爲獨苦。賴我君侯調理之，十年沉痛甦一時。堪羨赤手醫海國，皇皇天子稱神奇。民不汲髓奉壕吏，多少村屋存孤兒。清風到處招流殍，千里漂零歸恐遲。猗嗟我侯重民瘼，霜威復自窮鼠雀。發奸摘伏誇神君，保障斯民務耕鑿。道路荆棘一以清，我亦岩居甘寂寞。不才曾奉徵辟書，自慚無德感恩渥。君侯君侯實可依，歌聲從此漸王畿。棼尾杯浮争獻酒，四聽蒼生賦解衣。無數兒童逐耆舊，再爲張堪咏麥秀。魚符高映拂雲霓，醉入鈞天聞九奏。

挽崔翁

白首相知歷千里，翁能結交我莫比。我家射陽翁海濱，不識老翁識令子。老翁慷慨説平生，寥落高風動天紀。不羨王侯寶玦光，不用文章博金紫。眼前兒孫樂未央，大醉狂呼驚六癸。處處心知共一家，百年結客自終始。天涯若遇釣鰲夫，脱手千金能不悔。掀髯一笑返天鄉，楚台漢碣真如屣。浩蕩空聞海水聲，一片哀鴻哀不已。

爲鳳陽衛守張左文賦

赤壁遠與蜀山争，黄鶴樓高江漢平。鸚鵡洲前一何曠，千峰競繞漢陽城。倏然一鶚翔其上，臨風振舉六翮横。筆掃萬山屈宋後，箭落雙雕風雨驚。大手文章真軼衆，天生異才嶽降精。相逢如坐春風裏，一生不惜肝腸傾。秉性清廉見節操，素心忠直發晶英。東臨海邦□筮仕，轉餉何曾羈迅晷。寬以治民惠御軍，舳艫銜尾逐霜駛。桑麻處處蛟龍馴，殷勤撫字勝卧理。海陵父老椎牛獻，攀轅難留訝鵬徙。濠梁古迹資保障，赫赫旌麾渡泗水。滿路荆榛接鳳陽，白日攫人吼蒼兕。自君下車招流移，肺石恩深法順軌。秋毫不肯累吾民，春農輸挽供無已。桃花洞口醉復醒，與民休息古莫比。兩江制府獨知君，御屏書績直彈指。郭氏述君有四德謂映中，動我歌聲致千里。

三侄婦六十

從子君相善指畫，我愛滿懷春拍拍。年既三十無一廛，蕭然四顧失顔色。我爲祖宗憐其才，不教稗販培峭格。慨然我割膏火資，脱手與之爲貿易。歲時酣暢氣峥嶸，子母不費咄嗟力。劉毅從來興不闌，隆隆事業求家室。家室既成伉儷諧，何以蒼天摧雄鵠。遺却呱呱兩藐孤，煢煢嫠婦矢冰蘗。編葦績苧夜無燈，蓬頭皸指血痕逼。辛苦伶仃耐五更，赫赫鬼神都辟易。膝下孝友好弟兄，踴躍爲母開華席。烈烈貞風四十春，一時庭户盛賓客。指日門前雙闕高，歡來更覺悲疇昔。

楝居詩，爲胡天放賦

天放爲楝居，予爲蔬枰，皆平生一事也。天放來蔬枰贈以詩，予未嘗至楝居，亦屬余爲詩，予正不妨以意爲之也。

鉢池山外黄河聲，波光蕩漾神機清。黄河分流波聲瀉，高人聽之孤憤平。鉢池山前縱一望，徘徊古堤新月上。寒光直映山子湖，胡子築室歌慨伉。慷慨歌中霜雪深，老楝千株成舊林。誰云樗散不足顧，苦質能回天地心。楝居兀坐真不昧，遠望湖光急流退。鵁鶄常懸參差影，蛟龍不敢走池内。主人好生復好仙，老魚潛伏王喬遷。滿地江山秋色變，不須復用名利權。名利聲中堪嘆息，何如楝居一片石。驚鴻不散湖雲寬，北風常掃堤沙黑。主人向夕吟空山，多少詩歌對月閑。偶爾出游楝花紫，江海風雲策杖間。一葉飄然來射水，東歌滄海歌不已。陸相祠前感慨多，范公堤外烟波起。清霜寒雁日悠悠，自愛天機不寫憂。旅寺相看白髮意，念爾真成汗漫游。

苦雨嘆 雨經三月不休

城頭看水絶無天，城下春水飛寒烟。怒濤一聲泪如雨，民命填路誰復憐。路上行人莫敢渡，一片水光没堤樹。陰鬼嘯雨雨不休，隱隱雷霆亦不怒。連綿三月傾人魂，狂飆拔木波打門。蒼蛇跳梁入人室，俯仰嘆息無朝昏。更念吾鹽海水瀉，崩廬壞屋如摧瓦。蒼凉夜宿水聲中，城郭真如道傍舍。人家痛苦愁無依，高望城頭烟火稀。難將百恨酬千慮，不見枝頭一鳥啼〔一〕。

按：《光緒鹽城縣志》卷十六《藝文》亦載。

【校勘】

〔一〕「不見枝頭一鳥啼」，《光緒鹽城縣志》作「不見城頭一鳥歸」。

道傍白骨嘆

淮南之水天下無，城裏城外空鵜鶘。十載全無救荒策，江海煢民困不蘇。少者遠竄老者死，他鄉亦復形如刳。年年苦遭北風厲，沿江一望泪欲枯。白是人骨黑老烏，老烏毒啄如天吳。日日啄人肆吞屠，可憐枯骨誰號呼。我欲圖骨上京都，直聳天聽訴寡孤。區區鄭俠何足圖，白骨之慘，慘比菜色何如乎。

按：《光緒鹽城縣志》卷十六《藝文》亦載。

道傍小兒嘆

家家門巷空土墻，朝望不返暮復望。多少流殍活不得，牽手相視兩彷徨。況復歲晚衣服薄，老妻少婦徒凄凉。他鄉日長不得暮，悠悠寒夜夜更長。起來依舊不得食，繈褓小兒置路傍。幾年枯血實難乳，滿地呱呱號大荒。嗚呼，百萬流民散何處，道傍小兒安能識故鄉。

按：《光緒鹽城縣志》卷十六《藝文》亦載。

故家子乞爲奴嘆

洶洶河決民何辜，魚鱉吾民只斯須。皇恩纍纍幸不輸，下吏克賑如割膚。流民縱歸無所圖，不如異鄉卧街衢。逢人只道乞爲奴，爲奴不慣學賤軀。雙手下垂隨人趨，空餘老耄〔一〕沿江呼。哀哀寡妻呼故夫，老夫煢煢如悲烏。呼妻不見復呼孥，相勸寧死莫作奴。雖然飽暖鞭撻俱，異鄉誰惜故家子，終年作奴如遺徒。

按：《光緒鹽城縣志》卷十六《藝文》亦載。

【校勘】

〔一〕耄，趙輯本原作『耋』，據《光緒鹽城縣志》改。

會秋堂詩集卷六

七絶

羅浮夢

一片幽香月似秋，三更賦就獨消愁。知君不負平生約，畫裏相思寄隴頭。

題補臣梅册

何遜樓頭嘆落塵，幾年江上羽書頻。望中鐵笛無消息，孤負羅浮夢裏人。

虎丘送春册　五首

遠望江南惜落暉，萬山春老更沾衣。陌頭芳草忽無色，多少王孫正未歸。

日落長空獨杖藜，迢遥烟樹晚城西。春風自别吴宫月，無限相思入馬蹄。

虎丘山前倚洞簫，枝枝楊柳小蠻腰。低聲度曲留春住，老客詩魂總易消。

共説姑蘇舊有台，吴儂楚客和歌來。夢中三月聞吹笛，記得尋山聽落梅。

闔閭城下草萋萋，江上潮回月易低。碣石從來愁代謝，春深何處不鳥啼。

題袁孝子負母看花圖　圖繪五日看花

斑斕衣色與花奇，總爲承歡引歲時。堂上負來堂下舞，龍鍾孝子兩嬰兒。

從來紫誥五花奇，難比葵榴一樹枝。負母堂前看不厭，羨君六十老孩兒。

袁生慣唱楚騷歌，阿母聽來嘆汨羅孝子父歿於水。仔細看花頻負母，不知能得幾回過。

酒熟花明奈老何，隔簾人唱泛蒲歌。欲扶短杖猶難起，只喜袁兒背上馳。

題錢右尊畫軸

片石嶙峋不可籠，天香四逼倚秋風。一聲雀報復飛去，終作龍門砥柱雄。

王歙洲繪神女圖屬題

一春花氣妒紅顔，雲裏相思不可攀。望眼難消神女願，玉郎珍重護雙鬟。

相馬圖

春山一路樹絲斜，皮相從來漫咄嗟。凡馬何曾别有骨，龍媒今日倚鹽車。

題畫册

千峰萬壑繞襟期，多少閑雲若故知。屋下瀑泉山外閣，秋風樹樹起歸思。

洞口桃花夢已孤，白雲深處憶潛夫。當年漁火留同伴，無限相思到古吴。

題友人金山讀書圖

雁落秋風塔影孤，一江鐘磬醒前途。山雲海月常來往，莫到春深老壯夫。

并蒂牡丹二絶

□□花不厭春，枝頭連理惜芳塵。□□□□□□□，帶月臨風反笑人。

□洒分歌別有香，雙雙飛燕趁斜陽。當筵莫唱清平調，羞煞楊妃獨倚妝。

題黄天濤斷雲圖　有序

自古奇女子，不得佳匹，往往有之，今陸姬缺字幸矣。忽病且死，天何厚其妃，而薄其缺字，賦念四字吊之。

秋風颯颯夢凄凄，日日相思□□低。雲斷影消無限恨，巫山萬叠望中迷。

爲涂紫峙悼亡 得歡字

寂寞春深雨色寒，一竿垂老思漫漫。滄浪亭畔孤□影，留却釵頭佐客餐。
夜夜雙星隔水看，躊躇無路意交歡。□□望斷三千里，夢裏朝雲會更難。

陳石庵過訪，贈以詩，即韵走筆奉答 兼吊西樵

不見西樵泪獨垂，西樵身後總堪悲。感君事事謀身後，古道於今復有誰。

俣園紅白荷花六首

握手斜頭醉碧筒，高歌急管一園風。□□□磴愛蓮客，日日先看放早紅。
一片花開倚艷妝，落霞飛雪共茫茫。飲酒賦詩兩相得，雨過池頭分外香。
自古流離惜二喬，名花相傍更妖嬈。采蓮船上歌初起，玉井偏宜覆絳綃。
遠公結社義熙平，不愛紅蓮愛白蓮。往來獨許淵明醉，賦得長歌當酒錢。

盛事當年不可量，容中粉黛鬥紅妝。一時歌唱采蓮曲，勝地曾爲古戰場。
祝融峰畔出芙蓉，最喜經秋菡萏紅。嫣然一笑騁顏色，不問山前起息烽。

題冒青若小影

麻屨相看嘆棘人時同有瞻母之痛，卷書片石絶纖塵。□□正憶邗關路，多少愁思泪滿巾。

題畫

枯木横山落日黄，無邊雲水共蒼蒼。不知身世更何托，天意憑人覓醉鄉。

題金仲玉花卉卷

獨憐今日戰場開，多少名花作草萊。翻羡丹青能固蒂，不隨晴月傍烽台。
爲愛山人傲骨多，枝枝葉葉任婆娑。不將能事侯門過，自寫琦花奈醉何。
鐵衣十萬亂斜陽，白骨□江入夢荒。春月秋花無限恨，披圖重憶舊金章。

相思正是落花天，深巷重門憶舊年。地近隱淪芳樹晚，至今遺迹理蠻箋。
清江風□念招尋，蒼莽天涯感慨深。醉眼婆娑真樂事，寒花春草故人心。
思君不覺自蕭索，相感贈我白頭吟。我今縱飲情無限，失却知音畫裏尋。

走筆戲題徐臞庵小像

粉迹徽痕任卷舒，既通儒釋混樵漁。臞庵真處原非相，縱有僧繇畫不如。

走筆題孫堅甫菜花圖 三首

高人獨愛菜根香，原是山家處士糧。興到筆鋤非種去，秋來不讓菊花黄。
俗情都説菜根苦，筆筆蕭疏帶雨寒。一片黄山堪寄傲，風高栗里與同看。
千古雲卿只前鋤，何曾淡墨寫園蔬。耳公今日留先澤，畫到胭脂自不如。

戲題喬氏小奚

重鎖松關對小喬，柔情低唱轉飄颻。何曾銅雀春深夜，得見歌時影裏腰。

題畫册

林端不許雜鳥啼，一片高山正可栖。天外白雲常照夜，却如明月下前溪。

金陵雜詩

記得當年入帝京，江天回首斷鴻輕。眼中還是登高客，不盡千山落日情。
自號山人葛稚川，千峰月色好求仙。獨憐搔首空回去，倚棹江頭一問天。
陶令當年醉賦歸，荒凉三徑夕陽微。平生樂事堪招隱，黄菊蒼松共白衣。
一時山閣共銜杯，千載齊梁誰復來。裘馬相逢不回首，年年臘過訪枯梅。
留連山色把杯看，獨上高歌復倚欄。忽憶紛紛車馬迹，共云當日是長安。

江風拂地濕晴沙，巢燕飛飛覓舊家。日暮不知何處去，飄飄孤影逐晴花。
人情反復更傷心，争似梅花氣味深。説到黄金相識遍，自憐孤負短長吟。
白首栖遲到石頭，千山還是舊時秋。偶然醉罷一惟古，王謝堂空起戍樓。

送吴山人

白髪山人跨赤騮，手携明月上山頭。一呼擲向湘江去，散作芙蓉萬里秋。

西湖竹枝詞

樓邊車馬日蕭蕭，風雨無時過六橋。何限心情簫鼓後，昨宵明月又今宵。

杭州五日竹枝詞

喧闐士女集湖干，又看龍船又看官。作意雨師莫相妒，管弦金管陣初團。
碧窗紗映鬢雲烏，斜立樓頭鏡罷梳。簪過石榴花穩稱，徐呼小妹插釵符。

雄黄杯底泛蒲芽，瓶插諸般艷艷花。却笑郎貪餐角黍，可知卿愛啖枇杷。
比户喧傳舊俗聞，秤鈎響處笑聲紛。美人輕揭湘簾問，夫婿今年重幾觔。

湖上雜詩

秋風過水投何處，湖上今年吹我衣。還欲把君幾相識，碧潭鷗鷺可同歸。
鳴濤初起刺船開，欲效吴歌晚棹來。隔岸藤陰封白石，深居漁父面生苔。
一秋消息望衡陽，沙影空來雁字光。幾處棹歌思不盡，滿湖清夜似瀟湘。

棘院送瞿山先生歸宣城二絶

嗟余何日渡邗關，念爾情深不漫還。復上虹橋更携手，殷勤贈别寫青山。
同栖棘院别深關，一路行歌帶月還。此去獨留秋色住，黄花看遍敬亭山。

王太常前輩爲石谷先生令嗣處伯、慶仲兩世兄肇錫佳名，敬賦一詩，依黄仙裳原韵，并邀諸友人同和

吴山楚水逐斜陽，臨别題詩月未黄時予將返射州。爲贈難兄與難弟，君家原是輞川王。
烏衣巷口水源清，灑向虞山作雨聲。收入君家都是畫，寫來一片故人情。

再題陸公祠

東海祠堂緑苔古，一代孤忠欽木主。身沉還自整朝衣，千秋爲宋存簪組。
可憐遺恨愧無功，留劍中原起國雄。揮泪爲論今日事，若在崖門衰草中。

會秋堂詩集卷七

七律

旅寺賦别陸冰修、鄧孝威、徐武令諸子

惜别同游正夕陽，客中携手意茫茫。常時結伴尋幽賞，到處懷秋慰遠方。孤磬一聲纔喜夜，清泉萬壑自生凉。江山轉眼愁霜雪，忽傍征鴻入故鄉。

九日懷歸

半生辛苦奈貧何，一别慈顏九日過。夜夜呻吟渾是病，家家愁嘆有誰歌時淮屬大水。故園荒徑茱萸少，極目高城風雨多。記得去年江上夢，難將佳節慰蹉跎。

重陽雨後，酬樂六舞二首

夢繞吴山隔海濱，闔閭城下好投鄰。茱萸到處懷同伴，風雨連宵對故人。滿院秋深圖畫裏，一時朋舊蟹螯親時坐梟亭，持螯話舊。幽林曲徑常來往，共長鄉心不厭煩。

荒凉滿地楚山幽，愁思漫漫雨未收。白髮難逢佳客會，黄花空對故園秋。平生不厭留三益，懷抱於今有百憂。古寺寂寥悲獨坐，海天民瘼總無休。

贈張中翰稚恭

水滿荒城一棹通，頻來握手問詩筒。鬚眉如見當年色，門巷猶然處士風。海内文章誇伯仲，池邊鷗鷺識雌雄。杖藜日日臨蕭寺，不使愁予逆旅中。

酬吴星叟

念爾孤吟月正開，湖山寄傲自憐才。徘徊六合相知少，惆悵平生午夜哀。興至獨呼桑落酒，醉來常嘯越王台。依依問別難回首，指顧新霜節候催。

贈杜公紫蒲

誰憐夜哭日紛紛，風雨三秋不可聞。水滿城邊如斷壑，人依海畔若孤雲。桑麻自伏他年路，虎豹纔消此日群。一國瘡痍歡復起，口碑到處勒高雯。

送王左公之閩南幕府

晚鐘初起送君行，共此殘杯悵別情。漂母河邊人落魄，將軍幕下夜談兵。望中南海霜前到，歷盡名山醉後評。回首鄉園千里外，天涯處處嘆荒城。

酬曹秋岳侍郎、曹顧庵學士、孫孝則吏部

握手邗溝一放歌，愧非儔侶悵如何。東山藉慰蒼生望，遺老驚看白髮多。道氣總將訓事業，詩情自可入關河。風高冀北彈冠日，到處憐才重澗阿。

酬曹侍郎之二

風雲入坐正分杯，晚度江城動落梅。鳳闕於今連斗望，轅門當日帶霜開。憐才獨愛寒花滿，博物應從太古來。懷抱一身恩遇早，高軒處處引追陪。

客淮陰，贈别喬疑盦、張羽季，兼懷汪蛟門

客裏相逢送别難，淮陰城畔起長嘆。秋懷不盡黄河恨時疑盦有築河之苦，夜話能生白首歡。一路雁隨山左去時羽季之山左，何時月到廣陵看。共憐短髮臨霜色，更念殘樽對曉寒。

丘西軒飲余旅寺，見姚仙期、胡彦遠遺迹，感而生悲，詩以慰之

江淮水冷若天涯，旅寺蕭騷起暮笳。當日姚生無葬地，於今胡氏竟誰家西軒有『姚佺無葬地，胡介少生謀』句。題詩尚憶連床雨曾與西軒并榻聯句，感舊空歸一樹鴉。幸賴君收遺事在季貞曾收二子遺稿歸，夢回千里月西斜。

握手知心返照開，黯然一別獨徘徊。旅堂消息江鴻斷，射水荒凉夜柝來。生死難逢湖上夢，詩歌不盡古人哀。傷多更覺催歸急，落落寒霜逼楚台。

貞壽堂詩

嫠女高躔浦上廬，圖書四壁野人居。貞筠不變當年色，馴鶴時迎長者車。千載霜含冬樹晚，三城歌擁海鴻疏。山雲湖月常來往，一杖從容曳素裾。

答湯右曾

每放長歌繞緑礴，高軒不厭浦雲屯。半生養晦惟明志，午夜窮書獨閉門。宦績總消詩酒外，鄉閭同説布衣尊。自將懷抱留千古，白髮重看月易昏。

贈南岳禪師

半生瀟灑結高林，淡泊應知入道深。荒樹野麋隨所偶，清風白雪總如心。孤踪不厭山中侶，一杖難傳世外音。惟有黄花知甲子，相看同説歲時陰。

四十九歲臘底懷歸

勞勞山館病遷延，一日過來五十年。無數寒泉通客夢，幾重斷壑鎖葭烟。乳孫定料今能語，慈眼應知久已穿。事到更深惟輾轉，悔心都向畏途邊。

故園風雪夢中侵，共戀殘年避雁音。歲月消磨家計晚，平生老大客懷深。思歸正是知非日，閲世空餘憶舊心。白髮相從搔更短，且隨春草付山林。

臘底同胡天仿、蕭芳洲、李升龕限韵，贈穎中劉子猷　時納寵人

枝頭連理傍滄浪，望裏芙蓉分外香。玉漏催詩花笑客，娥眉壓酒醉輸娘。雲來極浦垂歌袖，燭透疏簾映舞裳。最愛才郎重交結，遥臨春水照紅妝。

奉别金孝章、吴孟白

明朝歸去解孤舟，自笑無端結長游。客久戀君腸獨熱，詩成傍曉月纔收。高江作別留殘夜，好友相逢易白頭。此後書來鴻雁少，悠悠南望不勝愁。

贈别魏冰叔

荒凉城闕夢蹉跎，到處窮途愛爾過。落拓孤懷因我放，平生真氣爲人多。著書獨會高雲色，把酒同分半夜歌。他日難逢江上約，凝霜逼歲奈歸何。

上杜公

何幸旌旗到海邊，湯湯寒水正凄然。風吹斷壑流饑殍，力補奇荒損俸錢。比屋秋燈呼夜績，四郊晴雨課春田。他年更慰蒼生望，無數輕鴻度晚天。

王左公之閩南幕府，未歸

不須馳騁盡乾坤，大將台前易感恩。寒逼野猿江上泪，霜催游子夢中魂。間關獨撥孤弦夜，鴻雁同愁萬嶂昏。客歲淮陰分手去，應知高士重家園。

重過劉都閫山居

念昔同游今和歌，高樓獨恨别如何。幾年不作刀環夢，終日孤栖華子坡。山氣欲收天地闊，劍鋒能受雪霜磨。一宵難盡蹉跎意，戀此幽居喜復過。

元墓雨中觀梅

春風不覺入吴深，東閣於今帶雨尋。醉後一天山氣亂，空中孤峙晚香沉。閑雲自是高僧伴，佳樹應來好鳥音。此外紛紜皆草色，獨懷飄落野林心。

黄子有悼亡詩，和之

歸來千里思無端，一路高山雨色寒。懷夢到家猶伉儷，放歌何處盡悲酸。湖亭空惜花間月，春晤誰聞鏡裏鸞。愛客如君今暫歇，釵頭不復佐盤餐。

客江南懷卑公

鄉路漫漫水夜號，更從何處感蓬蒿。歸來有地愁仍別，病後相逢首重搔。且喜放禪秋色外，獨開方丈野雲高。莫將去住留消息，千里吴江接海濤。

端陽節前一日，梁生歿於水，吊之

高城歌罷促行懷，何事乘舟過釣台。巨浪難回千棹力，長空忽斷一聲哀。汨羅江上投詩去，采石磯頭帶月來。自古至今生死路，不須驚嘆有奇才。

送汪蛟門

日照天門散百寮，每懷歸路畏霜驕。早看晴日飛絲度，晚望停雲旅夢遥。塞雁初來方退省，江楓未冷復趨朝。廣陵八月詩歌滿，暫爾揮杯念四橋。

贈侯公言將軍

幾年風教入吴弦，此日消兵詔席前。京口歌連三楚水，轅門霜肅五雲邊。山間夜織蠶千户，江上春耕目滿田。北望微雲原咫尺，平生事業可凌烟。

贈周使君

天外雙鳧動曉風，民歌一路口碑中。秋聲已遍山城碧，花氣初飛海甸紅。上闕綸音來冀北，大同名節重先公。應知直道關霄壤，事業於今日正東。

答嵇刺史

越水吴山雁影斜，歌堂舞榭總桑麻。春旌曉度西湖月，玉露低垂漢使槎。適館常留雙鋏客，褰帷獨繞萬峰霞。依依不肯臨風別，到處江城滿樹花。

答孫樹百使君

清風吹雨散荒城，歷闊枯魚告上京。編户月浮千樹曉，歸雲夜起萬雲横。詩成自動江山色，政簡還連海嶽平。指日揚鞭驄馬去，花生處處望行旌。

按：趙輯本詩末有按語云：『按：原題「孫樹百父母」，《舊志》職官知縣表不見題名，復檢《淄川縣志》及其所著《笠山詩選》，俱未叙及曾攝吾鹽縣篆。蕙曾任寶應縣知縣，曹既非治民，而稱謂其「父母」，欠當。前題稱「使君」見七絶，今仍之，庶符按臨之意。抑《舊志》失載耶？俟考。』

贈袁重其

記得江洲共短吟，蕭條行旅入淮陰。何當夢發金閶遠，更念交從鐵甓深。白髮正逢明月夜，青山堪托暮年心。眼前人老烟霞逼，不厭頻來一往尋。

既晤既庭，因同游百花洲，訪家荔裳觀察

一生清澈玉壺冰，不盡千山快晚登。曲徑高吟風自古，小樓重晤月初升。百花洲畔逢廉吏，司馬船頭憶廣陵丙午歲，俱入廣陵，晤合肥司馬。君去紫臺朝謁後，定然秋老得霜鷹。

再贈家既庭二首

十載蹉跎世路歧，百年兄弟嘆支離。書生有幸逢知己，辛相憐才爲救時謂柏鄉公。著作滿園酬患難，江淮到處想襟期。從今一别揚州道，霜落横橋今已遲。

平山一片向山心，落拓逢君戀舊林。自古文章蓬户重，從來義氣布衣深。終年作客還同

伴，八月新鴻寄好音既庭八月入都門。復上蘇台將問别，愧予已受二毛侵。

雨中同尤展成、邱嶼雪集袁孝子重其齋中

鷄黍相期到古吴，衡門深巷嘆窮途。雨中獨赴高人會，醉後重披孝子圖。道義百年江夢合，鄉關千里客情孤。從今一别秋霜近，鬢髪應知各已殊。

和吴梅村宫詹題陳石民蘭花，限霜字

蕭然斂笑避春霜，萬壑花陰覆小堂。好友相逢堪白首，深山獨坐戀他鄉。隨風拂袖吹還轉，有氣迎人遠更長。落落幽懷連曉月，不勞歌妓整晴妝。

偕洞庭翁季霖集袁孝子卧雪齋，聽陳石民彈琴

望中山色到門深，正好留君展素琴。一曲猗蘭江夢醒，半城流水客懷侵。難尋昔日鍾期耳，更感窮年孝子心。如向洞庭秋色聽，忽來凝雨戀知音。

宿堯峰，答靈岩老人

三載離腸發旅愁，堯峰一塔引孤舟。千鄉巨浪通幽壑時大水，六月深山似晚秋。雨後瀑聲林際落，夜來松影望中收。風帆明日江頭夢，何處追尋快此游。

吳門立秋

風吹横笛此中〔一〕聽，滚滚江濤客夢醒。吴下月光〔二〕連夜白，城頭山色一天清〔三〕。千秋霸氣成飄葉，絶代歌喉若斷萍。抱病長征誰作伴，不堪蕭瑟數流星。

按：《一九九五—二〇〇二書畫拍賣集成·明清書法》（欣弘編著，湖南美術出版社二〇〇四年版）載《宋曹自書詩真迹》其三即爲此詩。

【校勘】

〔一〕此中，《宋曹自書詩真迹》作『自難』。

〔二〕吴下月光，《宋曹自書詩真迹》作『月下水光』。

〔三〕清，《宋曹自書詩真迹》作『青』。

林逋隱處

荒凉一徑散晴沙，尚有遺踪伴落花。不説臨安長吏宅，獨傳徵辟野人家。亭邊鶴去梅猶在，湖上山多日易斜。堪戀當年真隱處，幾行疏柳萬峰〔一〕遮。

按：《一九九五—二〇〇二書畫拍賣集成·明清書法》（欣弘編著，湖南美術出版社二〇〇四年版）載《宋曹自書詩真迹》其二即爲此詩。

【校勘】

〔一〕萬峰，周輯本作『晚風』。

夢中懷惟一

日照蒹葭滿路愁，千重巔樹晚悠悠。獨憐零落雙蓬鬢，尚有平生一釣舟。百念故人頻作夢，共收殘局嘆無秋。蘆花漸老歸期迫，多少閑雲去自留。

答程進士

客裏相逢晚更親，茫茫家計總傷神。三年河決誰能遣，千里鄉音竟未真。夢繞吴山連越水，月從淮浦到江津。蕭騷縱有西湖興，結伴還須問故人。

過杭南，懷陸麗京，兼贈邃延

冀北歸來嘆短蓬，飄然長往白雲中。半生俠骨留湖上，一片僧衫老粤東。伏臘難消游子夢時邃延往省粤東，文章不愧老人風。我今相憶重相問，落落晨星映斷鴻。

西湖七夕，懷友人不至

葉落驚秋未幾時，又逢佳節〔一〕起相思。六橋歌罷人猶隔，十載書成〔二〕會有期。繞路松〔三〕陰隨月轉，滿懷客夢傍星移。别來不盡徘徊意，祇許牛郎織女知。

按：《一九九五—二〇〇二書畫拍賣集成·明清書法》（欣弘編著，湖南美術出版社二〇〇四年版）載《宋曹自書詩真迹》其一即爲此詩，詩題作『西湖七夕懷人』。

【校勘】

〔一〕節，《宋曹自書詩真迹》作『夕』。

〔二〕成，《宋曹自書詩真迹》作『沉』。

〔三〕松，《宋曹自書詩真迹》脱。

沈韓倬太史、嚴灝亭都諫、家茘裳觀察屢訊孫惟一學士，賦此答之

自我離鄉已暮春，知心别後倍傷神。西疇水滿真關命，北牖棋疏總爲貧。補衮承歡非兩事，清風旭日喜同塵。十年相向愁民瘼，多少瘡痍困海濱。

子胥渡處

吴功楚怨付鴉啼，落落荒蓬衆壑西。渡口漁翁寒自立，祠邊石馬夜如嘶。萬山斜日鴟彝

夢，千載英風逞道迷。瀨上女郎真義士，至今猶畏一聲鷄。

雙孝子詩　崇川兩孝子刲股活母

石工今日説芳鄰石工，崇川人，以純孝聞，立善從來有後人。昏夜滿川俱是月，寒霜一榻早回春。山頭紅樹雙鋒色，夢裏青衣大士身。其母夢中，有青衣婦拊其背曰：『汝愈矣，汝子已受刀圭矣。』繞屋慈烏啼不住，時時揮泪到江津。

晚游雙峰，兼寫歸懷二首

客裏西風繞畫樓，昔年簫鼓動宸游。六橋柳暗歸蹄杳，萬壑鐘浮野殿秋。嶽氣未消南渡恨，湖光偏起越鄉愁。芙蓉看罷歌初轉，月到疏簾莫上鈎〔一〕。

曲徑悠悠鎖客塵，層巒暮色帶江津。鄉思觸鬢愁爲樂，水氣凌秋夜作晨。湖草盡揮長舌婦，山花猶憶捧心人。月明風起溪深處，遥望星飛到海濱。

【校勘】

〔一〕鈎，趙輯本誤作『釣』，據《光緒鹽城縣志》卷十五改。

登臯亭，再贈山曉大士

石林飛閣御書浮（大士藏有敕賜手翰），别澗清泉到勝游。古道不孤亡友夢（謂胡旅堂），高風獨領萬山秋。縱觀佛日松濤遍，復上臯亭路草幽（即旅堂墓所）。携手忽忘歸去事，鬢眉漸老爲君留。

書于忠肅廟

獨上荒祠夢未回，六橋烟火接烽台。靖康謀國全無計，英廟旋師（一作回鑾）始見才。嶺樹猶疑飛熱血，忠魂常自泣寒灰。殺身豈僅須臾事，常使魚龍夜夜哀。

八月十五日夜，西湖泠月，兼贈素娟校書（限韻）

隔岸疏林傍酒分，畫船燈火正紛紜。山頭月色移深浦，水面歌聲起宿雲。小店雙鬟愁送別，中流一曲已空群。自憐蕭索悲秋客，説到人情盡日曛。

湖上送人游八閩

茫茫獨夜嘆心知，同自西陵賦別離。嶺樹正逢寒露色，蠻雲晴度夕陽時。千鄉遠水平生畫，萬里名山一路詩。客裏共憐秋欲老，何堪握手問行期。

湖上喜晤張虞山

淮南一别端陽後，日日逢君夜夜詩。幸得故人分寂寞，更從何處説襟期。湖山空對秋將晚，風雨連宵月正遲。握手悲來霜雪近，時時相向亦相思。

湖上中秋，不得侍老母玩月，志懷

一身千里即天涯，佳節從來動客嗟。縱有乳孫能繞膝，何如游子速還家。愁深到處山無色，夢過今宵月易斜。正憶高堂能幾遇，忽然秋老渡江花。

九日同查伊璜、林鐵崖、張祖望、陸冰修、諸駿男、張虞山、諸虎男、張禥懷、黄大宗及晦山、墨庵兩大士登飛來峰，限遥字

一棹凌秋過斷橋，重重幽壑隱僧寮。獨懷南菊荒三徑，同上高峰聽落潮。嶺樹根從山窟出，酒狂帽逐野風飄。羈人不覺江楓老，回首凄凄〔一〕客夢遥。

按：上海博物館藏宋曹行草立軸亦載。

【校勘】

〔一〕回首凄凄，上海博物館藏宋曹行草立軸作『回望悠悠』。

展重陽，雨中同人登初陽台，限樓字

我亦乘舟渡晚秋，初陽台上客孤留。滿山烟雨來蒼黑，一徑茱萸復唱酬。崔氏莊頭千澗杳，林逋宅畔兩峰愁。依依莫厭登高處，共展佳辰會此樓。

酬徑山碩公

愧我平生苦鬱陶，故鄉秋水正滔滔。幽人去住原無迹，絶嶺烟霞自此牢。一丈青峰雙徑裏，千秋碧眼萬松高。歸舟尚隔浮雲外，十載同心重布袍。

九月二十九日，再展重陽，同袁籜庵、徐竹逸、張祖望、趙山子、陸冰修、陸蓋思、王丹麓、張虞山、馬西樵、莊羽存、周敷文、諸虎男、黄大宗孤山登高 分韵得侵字

九月湖樓風雨侵，家家籬畔落花深。高台不倦登臨興，破帽猶存天地心。屢向亭邊懷處士放鶴亭，何期秋盡得知音時聽蝶庵彈琴。白頭更嘆茱萸少，醉倚山莊仔細尋。

湖上留别陸蓋思、沈甸華、王丹麓、胡循蜚、徐子能諸公

晚鐘寺裏客淒凉，衰草寒鴉萬木蒼。處處青山新月到，莖莖白髮故園荒。徵君意氣應難

別，古墅詩歌自滿囊。不説他鄉愁易起，相逢携手戀滄浪。

萬壑秋歸夢已孤，寒風夜夜逼西湖。山頭欲動梅花信，客裏離禁旅雁呼。千里友朋艱後會，一天霜月冷前途。浩然分手吾將去，惆悵雙峰别老夫。

按：趙輯本此卷目録題後有『二首』兩字。然此第二首又别見卷九，題爲『辛酉留别西湖』。

别西湖，兼致方鄴

愁聽一路起悲笳，却見千林散暮鴉。日月知心空作伴，滄浪有夢各還家。長途雪帶孤山冷，東海雲連慧日斜慧日峰在清波門外。放鶴亭邊寥落盡，人人歸去憶梅花。

將及丹陽，阻雪 時臘月立春

不見青山已到春，蕭條行李出吴津。夢中夜泣丹陽路，堂上心催白髮人。愁聽荒城鷄逼歲，寒衝孤客雪隨身。可憐無限長途哭，江上流移盡海民。

出門何日不思親，千里孤鴻伴隱淪。夜夜朔風如塞北，家家民力盡河濱時漕河復竭。爲懷落拓吹簫客，不見臨溪泛雪人謂朱近修。歲晚傷心歸去事，空餘短髮渡江津。

湖上贈别龔伯通

九月逢君霜未落，他鄉握手意何窮。詩歌不厭西湖雨，結綱猶然宗伯風。醉裏佳人能慷慨，病隨公子作癡聾。荒鐘欲發離筵罷，問子吴山仿曉鴻。

驢背雪詩

旅店鷄鳴促曉鞍，江風吹雪正漫漫。五更殘月城頭暗，幾樹丹楓背後看。山入畫圖天共老，人經患難歲猶寒。長征歷盡饑荒路，滿眼逃民發浩嘆。

長途臘盡渾霜雪，五夜鴻飛即比鄰。天地總成太古色，兒童俱作老年人。素心只問山邊路，極目難消陌上塵。破帽衝寒江縣晚，疲驢步步歷酸辛。

雪中重過馬陵

去日人家各已遷，不堪回首問桑田。一身風雪寒消骨，滿地江山白到天。望過馬陵村火少，途窮野寺晚燈懸。鬢眉帶凍尋相識，藜藿殘冬老歲年。

京口北寺，除夕懷母

蕭條旅寺獨徘徊，一夕難禁白髮催。游子總因家計老，倚門空有雁書回。愁深孤客鄰鷄早，漏盡殘城塞笛哀。夢度津門霜雪滿，故鄉無路寄江梅。

大江北去歸途險，日日回腸向晚崩。自笑狂夫仍故態，更愁老母傍殘燈。三年水逼鹽城道，一夜春消鐵甓冰。獨怪晨鷄容易斷，勞勞歸緒不如僧。

長途千里隔江鄉，寂寞椒鹽傍笏床。催却寸心邊角起，落來寒泪野魂傷。荒年兒女偏婚嫁，倦客鬢眉忽老花。永夜家人愁欲斷，不知何以慰高堂。

晚泊邗關，得鄉音

忽逢家信臨關暮，復恨江風問渡遲。寒雪一冬藜藿少，歸人千里道途歧。老妻喪母當除夕，歉歲謀生累兩兒。計日望鄉愁盜賊，偏多阻滯失前期。

壽蓮翁

上林簪筆漢臣班，玉簡青霜指顧間。春滿射城驕虎遁，月明鮫浦野梟還。琴中政事民輸早，劍外桑麻野望閑。我亦荷來奏歌曲，曳君黄綬醉南山。

贈李隱君

今日入春纔五日，何人能拼李膺游。寒雲半向晴堤繞，冰雪仍餘隔歲愁。海内風塵輕白髮，夢中來往舊滄洲。青樽共對高山滿，樹樹梅花點鹿裘。

王筠長年五十

記得年年酒滿卮，忽逢此會放歌時。時當五十天猶晦，人道窮愁酒亦欺。霜雪一身堅意氣，蒲團半壁老襟期。念君多病憐余病，獨愧平生負所知。

贈李菊癡

高風獨坐短墻遮，明月偏依破屋斜。歲歲黄花真甲子，篇篇白雪老詩家。閉門設館堪供酒，撲棗留人自煮茶。杖履飄然隨所住，攀轅多處即天涯。

亂後復入建康書感

重來問渡經桃葉，天地荒茫一望間。磯燕舊栖王氏族，墅棋誰賭謝公山。當時明月猶朝闕，六代金門久抱關。我却有懷過木末，滿城哀角帶愁還。

報恩一塔今猶在，滿眼風塵落照間。白骨沿江如望闕，黄昏無路可歸山。天涯兒女干戈裏，昔日親朋虎豹關。早渡石頭愁月出，嚴城不敢放歌還。

再贈孫徵君東海

挂冠東越賦歸歟，家寄淮南患難餘。無地可傳廷尉恨，有田都作石壕居。繩床獨卧原非老，栗里長吟豈自疏。終夜徘徊惟縱酒，高天明月總邱墟。

哭孫東海徵君

當年歌罷出長安，滿地荒鷄正未闌。堪羨賢書編甲子，還憐釋褐尚衣冠。望中北極常懸恨，病裏西風更覺寒。湖水蒼茫回首去，不知何日泪痕乾。

從潤州歸來，奉吊喬徵君廣生先輩

湖水西頭即故廬，彈冠無地獨窮書。頻年未遂蒼生願，此日惟聞長者車。處處寒林荆棘滿，栖栖白首雪霜餘。我今收到三山色，一灑庭前吊太虛。

簡得東海先生挽先君詩，又哭一首

歸來念我先君逝，見挽詩歌十載聞。風雨劍寒長夜照，江天夢斷北山焚。先生挽先君子詩：『留劍照君長夜夢，遺文戒我北山移。』并『晨星落落黍離離』之句。去年已看龍鍾色，永日還披鶴氅雲。忽報晨星今又落，更從何處吊先君。

淮上送吴門施又王之燕都

韓侯台畔憶姑蘇，千里江淮比畏途。野館常逢花正好，布衣如故□堪呼。黄河北去邊聲起，射水西來旅夢孤。日暮吹簫向燕市，不須騷首聽城烏。

酬姜隱君二首

庭前不植大夫松，甲子於今屬老農。一杖樓頭滄海月，十年秋去白雲峰。西疇地僻呼鄰叟，東海心知總素封。何日共呼天臘酒，相逢誰許説龍鍾。

隆萬遺民世漸稀，望中南極尚依依。有家盡破供鹽法，無地堪留作釣磯時鹽司課不起煎，兩淮工商數十家，公業産盡傾，得免。患難此時原自重，關山到處總相違。年年夜哭春鴻斷，不愧淮陽舊布衣。

元日淮陰兼贈故人

客裏每驚時節過，物華憔悴又逢新。不知蓬髮緣霜改，但覺離愁對雪真。柏葉方傳今日□，梅花復冷故園春。楚台漢碣俱摇落，寂寞平生愧此身。

病後復晤季貞，將别予之燕都

江淮水冷似秋天，詩思悠悠悵别筵。病裏忽分游子夢，客中多感故人篇季貞有懷余詩。方忻同調來西楚季貞偕虞山訪胡旅堂歸，以《同調集》示予，又見征帆入北燕。良馬自應逢伯樂，莫將此去負長鞭。

壽蕭天君

當年奏賦宿長楊，立馬花邊出帝鄉。望重東山間賭墅，歌分曲水夜流觴。耆英社滿秦兼洛，賓從才皆杜與房。天外雁聲齊柱石，龐眉相對雪蒼蒼。

贈唐陶庵

六十髯翁號弈仙，談兵河北許當年。半竿獨對蒼天月，一騎曾隨相國鞭謂史相國。歷遍關山仍未老，從來好惡總無偏。春風秋水平生事，常傍西疇課秫田。

次韻寄懷喬疑庵

何年結伴入山深，射水悠悠共此心。隔歲有懷成獨悵，出門無路可長吟。鬢眉間闊鴻音杳，天氣荒涼接氣陰。我自別來時極目，白雲江樹憶招尋。

孤城擊柝五更深，風雨難愁夜夜心。澤畔相思千百折，繩床獨卧短長吟。去年屢坐高樓月，此夕猶披一樹陰。自閉柴關嘆多病，故人何日辱幽尋。

和家雁

牖下哀鴻聲已蒼，十年風雨夜茫茫。春來望斷三湘路，秋思思衝絶塞霜。自顧爲儀羞旅食，何時射獵動天王。志同伏櫪懷千里，回首呼群各一鄉。

池畔悠悠曳者閑，堪憐鎩羽滯塵寰。天涯到處誰傳信，塞上何勞更設關。悵望野雲愁復斷，平生旅食耻隨班。當年繫帛空相憶，落落卑栖夢往還。

劉仲三五十初度

清霜白雪繞關河，曲徑幽居倚薜蘿。義氣半生知己少，窮愁數載避人多。達夫有幸詩堪隱，伯玉行年夢裏過。辛苦離家非得已，還應呼酒一尋歡。

贈黄合乾

一生真率任人呼，海上於今病欲蘇。亂世春秋惟命酒，老翁八十尚懸壺。掀然一醉憑天地，赤手成家獨步趨。我亦偶然來索飲，愧無佳句對君壚。

守歲詩

草澤鬚眉物外身，椒鹽何以對家人。一堂叙坐慚新婦，衆子傳杯奉老親。落落梅花仍閲歲，迢迢征雁復愁春。三更漏盡鷄聲起，自笑平生寄水濱。

會秋堂詩集卷八

七律

寄崇川王徵君

獨愛幽居戀布衣，浣花溪外盡風濤。鬢眉終傍關河老，冠蓋空懸歲月高。一片野鷗皆舊侶，幾行霜樹見孤操。蒲輪却後山樽滿，復數晨星首重搔。

贈部自周明府 與徐子昭先生八十大壽同

東連城闕樹陰森，飛閣臨池見道心。湖上昔年冠蓋滿，林中此日畫圖深。家從亂後猶秦漢公藏秦漢舊彝器，人到閑時自古今。八十鄭虔應未老公善畫，相逢携手重沉吟。

按：趙輯本此詩末按語云：『按：賀徐第二句上四字作「洞口花飛」，頸聯「短髮柴車冠蓋滿，數椽茅屋畫圖深」，末句「沉吟」作「長吟」，不另鈔矣。』又，《中國嘉德二〇〇二秋季拍賣會圖録》載《宋曹書法四屏》亦見此詩，字句略有不同，題作『贈郜方壺明府之一』。

答許漱雪明部

邊烽欲動別江鄉，寒雁聲孤楚水長。官自左遷尋薜荔，人從高卧見滄桑。少陵有恨歸梁父，博波無心效子房。正好微吟栖海曲，白雲深處即西莊。

書陳念蘭給事園亭

當年射策未央宫，諫草焚時種晚松。三徑客來歌慷慨，一春花影舍西東。最宜月上三山曉，更喜霜飛樹樹紅。多少蒼生還屬望，可能蕭散向林中。

游九華十首之八

層層瀑布緑陰重，曲磴春寒覆晚松。拳石當關如踞虎，群山聳笏若奔龍。幾年獨伴千鄉月，自古驚心五夜鐘。欲問故人栖隱處，何妨箬雨上高峰謂檗大士。

蕭蕭鬢髮戀花開，携手前年嘆落梅。白馬澗邊支遁老，蒼龍窟畔許公來山有白馬澗、蒼龍窟，晋玄度與支公善。蓮池獨照孤峰影，丹灶空餘一樹灰吕真人煉丹處，樹葉丹灰，拂之不去。此別後期難有定，不知春去更徘徊。

歷盡江關白髮時，自携短杖到天池。笋根十尺穿山出，雁影千行過澗遲。寺古鐘深雲棧杳，巒回苔老石床支。遠公許許留僧臘，無限高峰繫所思。

一路難逢不落花，幾行飛瀑逐風斜。山頭佛面生蒼蘚山有石佛，石上松根走巨蛇。明月自來支遁宅，白雲深護邵平家謂徐昭法。高人咫尺常常憶，獨傍千峰老歲華。

放鶴亭邊落照遲，殿前飛閣獨參差。客來自喜櫻桃熟，嶺外誰聞虎豹馳。樹樹春禽禪寂後，山山明月夢歸時。爲憐滿地愁烽火，石鼓聲中見亂離。山有石鼓，曾自鳴，即主兵，《志》云：『石鼓鳴，天下兵。』

復上高峰已暮春，故宫空有石嶙峋。千秋鐵筆常生雨，萬樹虬松總脱鱗。出入從來依鳥道,等閑不許問山津。幾回惟憶鍾期響,一杖孤尋栗里人。頑石真堪伴草萊,不辭辛苦入雲隈。松盤總爲蒼龍古山有花龍澗,客到還思白鶴來。林際瀑聲常滾滾,天涯戰壘正哀哀。道風更覺峰頭轉,一片空山任劫灰。一聲殘磬夢魂間,萬壑千林任客閑。既往風流成古迹,爲尋耆舊到名山。高僧説法能馴虎,好友論心自放關。嘆息此時兵甲滿,飄然杖笠帶愁還。

飲醪園,書贈主人

酒酣擊筑每天涯,短鬢蕭騷夕照斜。大水難逢同調侶謂黄仙裳,十年多隔故園花。不堪興發春先老,率爾詩成醉是家。爲愛主人能好客,何妨縱横藉烟霞。

題吴菌次看弈軒

冠拄江南寓草廬,亂來姓字入樵漁。當年别墅流風杳,此日東山高卧初。對局每宜清簟冷,深閨莫使畫枰疏。積薪何處空相憶,逸興全憑看弈餘。

客廣陵，送蔣荆鳴之真江 次韵

滿地干戈百感生，一行征雁早霜情。舊來匣劍堪凌斗，獨傍琴台好聽笙。逆旅歌傳家計苦，小春梅發客懷清。虹橋月到真江曉，幕府驚傳冰蘗聲。

久客懷歸

水擁吾鄉已十年，獨憐垂老向南遷。寒梅逼歲慚無賦，明月當頭幸有天。客計總關兒女事，歸懷徒誦蓼莪篇。徘徊岐路憑騷首，夜夜堅冰不放船時母喪未厝，兼有婚嫁事。

連得孫哭母

記得高堂常自語，殷殷念我作翁遲。何期稚子連生日，偏是慈顔見背時。繦褓未逢曾大母，哭啼將及一周兒。三春忽已三冬後，但覺歡來更可悲。

舟中阻風，夢母又哭一首

月落霜飛雁幾行，一冬晴雨滯歸裝。風前作客緣西水，夢裏承歡繞北堂。夜夜如聞呼佛號，明明相對説家常。眼中細務仍頻理，總爲兒孫不肯忘。

嚴灝亭侍郎六十

縱酒皋園已十年，蒼松怪石尚頽然。别來幾度南關月，詔下還趨北闕天。别邗上時，奉詔還朝。宣寶常開推賈傳，調羹新寵重韋賢。更奇世掌封章久，黄鶴臨風紫誥連。

雨中懷范十三

布衣同調久忘名，夜雨殘燈共此情。醉裏懷人羞短髮，夢中無伴會耆英。每逢歎歲孤懷冷，更感衰年百感生。客路復愁烽火起，何時相對海潮平。

吴中喜晤故金吾楊從先，即以吊古詩見示

知己難逢酒漫呼，狂吟終日伴樵蘇。平生白眼隨人老，一半青山戀客途。雙塔寺前聞鐵笛，百花洲畔遇金吾。高歌昔日燕台杳，何用悲來吊古吴。

舟訪李膚公

洞口花飛已暮春，青溪小築自無鄰。常時望月思千里，況□臨江遇故人。一片曉光虚殿角，半生高迹寄湖津。扁舟問渡夕陽下，念爾投交别有神。

悼水詩，酬沈天河司李

江闊千里問兵戈，六月寒生水氣多。蛟宅十年埋骨肉，人情今日困風波。流民圖畫猶增賦，瓠子歌哀更决河。吾愛休文詩律細，惻身愁海奈愁何。

答崇川錢五長

十月霜天到草堂，短籬疏竹古紫桑。百年耆舊留文虎，四海詩歌羨紫狼。自昔壯游曾破産，至今垂老闕歸裝。愛君落拓真栖隱，縱處他鄉即故鄉。

臘底同陳其年、許元錫集冒辟疆齋中，别後，余獨步水繪園賦贈，分韵得傳字

平生知己在樽前，真氣從來醉後傳。千里人懷雙杵月其年有姬在中州，一池水映遠鴻天。扁舟不繫如孤客，故老相依喜舊年。正好論心難作别，奈何歸路獨蕭然。

許元錫以詩贈行，用元韵賦别

日從荒寺望清暉，落落相逢戀布衣。夢到家園梅促發，臘餘歸路雪翻飛。故人不覺年年致，古道於今事事違。别後念君難問世，何時顧我舊漁磯。

雪後賦贈薛木庵，寓寺有臺

荒台雪後誦君詩，多少人情歲逼時。落拓半生真骨鯁，徘徊歧路笑窮奇。卞和未遇終能售，伯樂相逢定有期。鄉曲誰爲君莫逆，正從寒夜結心知。

歸夜賦別木庵，兼促入都門

客裏鷄聲促鬢絲，蕭條總爲歲寒欺。再歌彈鋏懷歸夜，一路吹簫賦別時。君去不須愁北道，途窮應自有心知。行裝早發莫回首，説到蹉跎爾更遲。

登舟别内之一

五十春來幾變遷，辛勤早晚竟誰憐。不期結髮霜頭白，難望寒灰火更然。汩汩交情雲覆雨，年年秋事水如烟。我今悶悶出門去，念爾持家困倒懸。

同陳階六、胡天彷、張鞠存、馬西樵、張虞山、程婁東、孫無言、蔣荊鳴、閻紫琳諸公止園登高　限堂字二首

年年風雨暗重陽，白雁聲孤傍野堂。萬樹三城花闇闇，千帆一水晚蒼蒼。悲秋自昔多歸楚，老病憑高莫望鄉吾鄉大水。共對青天復長嘯，更須仔細把萸觴。

到處登高枉斷腸，傷心何獨鎮淮堂時鎮淮堂毀壞。凉風蕭瑟悲笳起，秋菊扶蘇戍鼓旁。亂裏故人輕白髮，客中佳節媚紅妝謂主人大宗新婚。霜前欲落千峰葉，醉把雙螯對酒狂。

壽何昆岈太守　二首

寒花臘酒滯淮陽，千里懷人夜正長。極目山陰連碧落，欣聞漢使過金閶。枚皋此日才方展，黄霸於今鬢未霜。更羡鳳毛春宴早，歸舟嚴雪好飛觴。

萬壑回風塞雁横，江東政績總知名。興來不厭蘭亭會，詔下還期竹馬迎。北道家聲原赫弈，達夫詩興悵生平。紫芝滿屋君須醉，握手持樽月正明。

雨中同人集馬西樵西閣觀牡丹，時與諸子對弈　限仙字

自古名花喜地偏，相看猶幸隔烽烟。畫中穠艷嬌如語，雨後欹斜色更妍。醉倚東闌妃子笑，香侵西閣積薪眠。何妨日日勞歌曲，正好春深伴弈仙。

東海大松　三代物也，七首

處處都聞翦伐聲，海東一樹尚崢嶸。霜皮不爲秦時老，鐵幹還應夏后名。鎮日風濤天外響，歷來巢鳥劫中生。千秋傳舍成長嘆，獨感蒼蒼萬古情。

逼歲霜威老幹成，五丁呵護曉山晴。根盤三代虬龍氣，地涌千軍琥珀精。不受秦封留勁骨，長從東海立孤名。誰教西向枝頭望，一任婆娑日月争。

高柯千尺峙南城，緑蔭蕭疏萬壑清。神物何曾隨代謝，靈根原自托天生。陰陽歷盡龍鱗剥，霜露收來海嶽平。氣接扶桑更奇古，後凋方見歲寒情。

屹屹青柯隱翠微，森然高踞歷寒暉。風翻白日蒼龍吼，浪激重陰碧海飛。自古異材超物變，從來勝迹有天機。兒孫羅致憑封禪，獨向商周俯舊磯。

霜風鼓鬣衆山鳴，小樹猶如下士爭。蘿薜結來奇鳥集，仙人餐罷羽衣輕。千尋直幹橫雲表，萬疊雄濤作海聲。自古大材還大用，天然偃蓋鬼神驚。

古道亭亭滿舊林，卓然城外更蕭森。不隨野草因霜折，獨向蒼天受月深。人老欲看中夜色，歲寒猶結故園心。我今衝臘一相訪，肅肅常聞宿鳥音。

每當日出更翛涼，世晚偏愁故物傷。萬古不凋天地色，一生獨傍水雲鄉。茫茫代過成孤性，落落寒來冒勁霜。不媚春風隨意老，望中仙島近維揚。

魯君山五十

每從樽酒問平生，早見襟懷不世情。賫翰自然成野癖，老儒都是舊知名。獨培松菊留真氣，始信鄉閭有義聲。堪羨弟兄爭孝友，至今五十尚孩嬰。

徐躍龍五十

白首心期同一村，共憐烽火暗中原。避人獨愛依溪口，獵史時驚嘯海門鹽十年來，河漲海嘯，躍龍隱所僅存。却羡行年編甲子，直留妙迹與兒孫躍龍近年自設日札紀事。達夫詩興還應發，繞屋寒梅映緑樽。

贈顧瑟如

春過昭陽樹影深，舊時相識憶招尋。平生一念向人古，懷抱千峰滿地陰。技到盡頭原自病，交從淡處有同心。只今飄落群才日，孤客難聞旅雁音。

夏日送醉白入都門

京門驛路莫蹉跎，六月披裘發浩歌。友誼山緣千里少，酒狂詩放一身多。行裝到處餘書劍，家道於今有薜蘿。我却獨懸孤旅夢，送君明日渡黄河。

題淮陰張氏兩鄉賢 四首

自昔高風召未央，棱棱氣節侮權璫。盛名何暇收民譽，時事堪悲見國殤。舊世典型光俎豆，滿城簫鼓入宫墻。淮南輿論邱公後，不獨當年有振綱邱公崇祀，兩公繼之。

惆悵烏啼事歷遷，東林氣骨倚蒼天。功名何必皆雙士，忠孝應須并兩賢謂陸丞相、徐節孝。白日無慚朝市責，青雲不愧蓼莪篇。從來至德無銷歇，更喜於門復掌銓謂鞠存。

兩世名臣起鳳毛，三城春色繞蘭皋。鄉人有口皆青史，諫草當年見素操。五岳獨存方寸裏，故家常畏彼蒼高。自今崇祀應千古，多少兒童望彩旄。

從來正氣不邱墟，姓字尤堪勒帝居。儀部獨傳除暴檄，司徒屢抗救荒書。三朝遺老名原重，列序群賢典不虛。緑蔭春褅芳樹暖，年年鄉祭動坤輿。

將别甕城，懷白田喬雲漸諸子

年年作客蹈風塵，日落蓬飛倍愴神。十月天寒京口樹，千山酒送陌頭人。射河有夢常分别，旅雁無書到隱淪。一夜江鳴愁戰伐，不知滄海幾時春。

喜沈天河歸自遵義賦贈 將之平陽

蜀道艱難嘆别離，一官萬里見襟期。浣花溪上應留賦，懷白堂中尚有碑。憑眺半江巫峽夢，歸來滿袖夜郎詩。故園相對將呼酒，又報平陽驛道遲。

極目江干總戍樓，猿啼兩岸起長憂。他鄉夢繞黄姑夜，遠客思深白帝秋。三峽魚龍愁逝水，萬山風雨送歸舟。此事醉罷憶前事，不盡平生絶塞游。

贈東山徐石兄

江南賓從重流連，輕燕隨風入别筵。蕭散傳杯常竟日，殷勤造士已多年。雲浮降帳催歌晚，花映青藜每夜懸。爲愛東山桃李色，一時香繞洞庭邊。

友人官蜀中賦贈

旌旗高望接雲根，西蜀將開幕府尊。山勢三盤雄劍閣，蠻風萬里肅轅門。思歸不覺詩歌發，落筆猶餘海嶽痕。一路星軺憑吊古，今朝暫不眷行樽。

客京口，懷雲漸，兼寄白田諸君

别來天地各分杯，潮度京門夢幾回。旅食祇餘江上草，懷人不讓嶺頭梅。千鄉過客吴山斷，萬里歸情塞雁哀。霜雪滿途空白首，夜凉歌罷獨徘徊。

寄贈喬子静進士

遥見宫雲覆萬峰，東南春氣鬱喬松。少年棄繻名原早，此日褰帷喜自逢。獻策豈容民計緩，趨朝不厭露華重。歸來共看新驄馬，舊世門庭衹素封。

贈郎公

萬派湖雲繞射陽，雙凫隱隱動微茫。堂前卧鶴依蒼蘚，境裏封狐避勁霜。夜柝不驚弦誦起，秋風漸覺黍禾香。壁星四映恬鷄犬，佇看徵書出未央。

汪蛟門得第

挾策燕台萬馬空，佩聲初到未央宫。香浮玉殿春烟紫，花撲銀鞍曉露紅。午夜詩歌游子夢，千秋淮海故人風。歸來暫向邗關渡，八月相期射水東。

秋夜哭梁公狄 四首

上谷遺民不可期，難堪門巷草離離。忍冬花畔傷心日有忍冬軒，深柳堂前憶舊時予曾爲書『深柳讀書堂』額。酒到放來惟是恨，眼從穿後反無詩。平居故國相知杳，多少寒岩繫所思。

客裏三年白髮增，獨憐無泪灑寒燈。一聲鷄斷清秋夜，千載人懷老灞陵。讀盡史書稱甲子，説來兵法自中丞謂令先君。舊恩都入關山怨，夢冷淮南骨已冰。

家國無書落劍毛，西風處處長蓬蒿。不隨塵世門應冷，獨對蒼天眼目高。夢到商邱思汗馬，交從故里接霜皋謂克承。難消二十餘年恨，江湖潮聲夜夜號。

道出西州復幾回，可憐長别古燕台。孤松獨立人何往，好友難逢日月來。賦就滿函新失泪，歌餘九辯楚詞哀。念君每尚雲堂夜謂雪漸，清漏三更酒一杯。

月夜再集留雲堂

再過雲堂坐晚天，花欄棋局酒綿綿。停杯望月青松裏，握手聽歌白石邊。更怪琵琶催别調，不須燈火促離筵。醉來復有登臨興，滿地鷄聲送客旋。

哭張韞仲孝廉　二首，次首并吊梁公狄

寒宵獨客伴殘鐘，爲憶知心感慨同。栗里自甘終牖下，安車誰許入遼東。無人可對蒼天老，有氣能回末世風。閉户著書成往事，不勝凄斷聽哀鴻。

去年相傍悲鷦史，今日何期吊拙存。衰草凄凄雙泪落，西風颯颯萬山昏。夢中各抱平生恨，泉下同懷天地恩。嘆息老成凋謝後，一城秋暮閉僧門。

揚州七夕，懷留雲堂主人

幾回月止放歌時，松下徘徊獨賦時。人在廣陵難一會，秋從今夕寄相思。客心空渡河橋夢，離緒如分織女絲。邗水悠悠何日到，殷勤握手説前期。

中秋前一日，即席賦別疑庵

大醉狂歌任所之，平生好友重相思。經年一會秋分早，握手還悲道合遲。夜夜更頭歸去

事，山山月到別離時。扁舟明日徒西望，獨對蒹葭賦綠漪。

喜汪季用歸故里　按：蛟門世居鹽城

風雪飄飄自竹西，村鷄一路送寒啼。樽前故老相知少，隴上新抔碧草齊。壯志何妨家四海，荒園誰復問孤栖。頻年握手論心夜，愧我蹉跎月易低。

臘底送汪蛟門復歸邗上　三首

四海平生一嘯餘，長楊賦就識相如。纔從北闕籠新馬，暫別邗關返故廬。雪夜鄉關驚聚散，布衣朋好各蕭疏。朔風天畔催歸客，復上迷樓歲欲除。

一城歌起散晴暉，更傍離筵戀竹扉。海氣未分驄馬度，嶺梅初放故人歸。悠悠射水連邗月，落落江鄉重布衣。春到復來花正發，雁鴻千里快群飛。

風停海上雁回灘，鄉國誰云道路難。立馬堤邊潮落後，放歌湖畔欲孤寒。一時朋舊愁相別，何日鬚眉始復看。臘盡故園猶是客，幾番歸夢雪漫漫。

再送汪季用歸廣陵，兼懷碩公

山外晴鴻羽自連，夕陽歸路泛蒼烟。一園芳樹春前別，六代離宮雪後禪。慷慨歌分良夜會，黄昏鐘散白雲天。上方月到輕舟過，正是梅花逼舊年。

挽南岳禪師

吳山别後暮雲平，霜雪蕭條舊臘情。不覺心催寒食日，一時哀滿射陽城。望中江隴淒風繞，定裏禪關皎月生。東海灘頭誰復渡，天涯到處想生平。

杖笠飄然任所憑，茫茫衆籟總難醒。青陽到處成三昧時立春，白業深關自一燈。不背舊恩原是佛，半生相識豈徒僧。我今南發春將老，極目峰頭嘆落星。

花朝後懷喬疑庵

城邊野草獨紛紛，高望長空一片雲。海燕歸來常傍我，春風老去更懷君。遇窮自覺鬢眉合，勢屈難將好惡分時八字，遭祁氏之難。豈必感生在今昔，相看白首惜離群。

新歲懷雲漸

落拓吾生感物華，去年相别帶蒹葭。一庭虚白留寒月，滿地新紅上早花。高望斗斜思夜曉，獨憐人隔落天涯。孤城留散愁無盡，多少荒廬起嘆嗟時地方多故。

暮春懷喬疑庵，兼寄王克承

射陽一水論交地，隔歲音書悵獨稀。笛裏懷人思不盡，春深作客夢先歸。生平誼重留雲子，江海情深老布衣。爲念幽燕高士在，柴門相傍日依依。

聞白田消息書感，兼寄雲漸

嘆息於今士風枯，白田冤抑向誰呼。無辜辱及閨中秀，有地難藏跨底孤。秦氏坑灰猶不烈，漢家黨錮未全誅。可憐目擊傷心事，泪灑春風滿射湖。

贈董刺史

清風吹雨過淮干，喜見枯鱗出海瀾。鼠雀潛時三月滿，桑麻樂處酒杯寬。越東錦書連鴻寶，冀北泥封有鳳摶。花畔一枰堪卧理，口碑應自入長安。

吊司石磬　邑諸生，明末殉節

擊鼓大門劍氣收，淮陰一死自炎劉。明沙帶雪驚寒夜，白骨披星逼素秋。懷抱燭龍歸帝宅，指揮精衛復神邱。應憐中土成荒塞，萬里長風吹古愁。

按：趙輯本詩末後有按語云：『按：司名邦基，字石磬，明諸生。性慷慨，多膂力，起義不就，立而受戮。事載《明史·吴應箕傳》末。附録其《殉難口占》：「不覺浮生廿九秋，幾番歡樂幾番愁。而今撒手還元去，山自青兮水自流。」事詳翁睿臨《南疆逸史》。』

吊孫德求 邑諸生，明末殉節

悲馬回嘶碧水磷，提戈豈爲作王賓。箕囚不欲全枯魄，周粟何能强餓人。滄海壯添秋戰骨，魚龍歡擁舊朝身。驚濤怒觸城陰晚，草色年年緑不匀。

登射州城樓望水

古廟臨河浸緑苔，數行蘆葦傍孤台。城邊漂屋隨風散，堤外流棺到處來。村落只餘林影泊，鸕鷀空繞浪聲哀。水田圖就誰能進，鄭俠當年不足灾。

早春會朝四首之一 弘光時，爲中書舍人作

雙闕晴分鐘欲罷，東城日上雪纔消。萬山雲氣通三殿，滿地花陰照百寮。黼帳成文相映出，朝珂帶響望中遥。大廷何日無封事，每見爐烟入絳霄。

賦柳嘆

東海餘生逐歲華，倉皇無路動長嗟。流民骨斷征夫檄，野屋烟消樹柳家樹柳家更苦赴運之繁。草木若聞河畔哭，夢魂空繞陌頭沙時堤柳俱盡。誰堪一望荒城外，只有哀烏咽暮笳。

地復震，兼悼水患

浪平東海接淮西，破屋誰能穩故栖。夜夜生愁無月上，家家漂落有兒嘶。流民痛哭空相望，鄰婦連傷苦似泥。颯颯西風腸欲斷，燭光慘淡照悲啼。

亂後九日，寓太湖房村，兼懷王子

亂裏離思晚更深，念君兄弟久無音。孤城殘堞雖非古，秋水蒼天獨至今。彭澤歸來真歲月，謝安經濟且山林。君家此後家何地，寂寞登高見遠心。

送孫無言歸黄山

故鄉今已是揚州，千里黄山作舊游。石徑蒼蒼空日暮，送風颯颯隔江秋。夢中賈島咸陽路，笛裏梅花何遜樓。祇爲闕城歸不得，寒笳到處總悠悠。

贈義士朱修齡 有序

朱方旦著《質言》一書，修齡爲序，藉陸鶴田侍郎之銜弁於簡端。時論《質言》非正書，聞於上，執方旦案獄，株連鶴田。修齡上書請死，謂序出己手，爲鶴田白冤。上義之，放還，并釋鶴田。朝野異其事，贈以詩。

還是當年舊酒徒，山川歷遍豈模糊。擊衣豫讓先傾命，報國荆卿亦喪軀。拚却死生回造化，全憑義氣長頭顱。天威不醉真知己，滄海歸來一丈夫。

虎邱

洞簫吹罷海雲紅，迢遞花飛殿角東。一路野香高望外，千秋荒沼夕陽中。吴人歌斷邊笳起，舊院墻空獵騎通。烟火樓台歡樂遍，莫教今夕嘆衰蓬。

按：《一九九五—二〇〇二書畫拍賣集成·明清書法》（欣弘編著，湖南美術出版社二〇〇四年版）載宋曹行書一軸，亦載此詩，字句略有不同，文字如下：『洞簫吹罷海雲紅，遞迢花飛殿角東。一路野香高望引，千秋荒沼夕陽中。吴人歌斷邊笳起，舊苑檣空獵騎通。燈火樓臺歡樂處，莫教今夕嘆衰蓬。射陵宋曹。』

地復震 二首，月餘不止

年過五十未曾經，極目城頭涕泪零。日暴骷髏千里白，夜懸磷火一天青。幾回電掣還從地，到處人愁總是萍。有吏索錢仍不足，家家兒女哭令丁。

勞勞庭畔促征輿，未可何人能燕居。昔日乾坤千載恨，故家門巷一時墟。夢魂已散蓬蒿外，慘烈猶如兵燹餘。北道荒凉哀不盡，蒼天有意遂誅鋤。

賦祝辟翁先生少君蔡夫人

前年曾過雉皋城，水繪園中月正明。處士論文真絶世，夫人畫竹實齊名。雙栖墨鳳連雲起，十尺蒼松破壁生。筆意由來師獨古，平山風雨任縱横。

客舍相逢宿草黄，百年縞紵歷滄桑。風流座上推耆舊，書畫船頭坐鳳凰。看去總無閨閣氣，醉來更帶芰荷香即席畫蓮花見贈。揚州臘八虹橋酒，復羡同歸夜未央。

晚出鶴林寺

飄然客思繫孤亭，曲徑穿林帶數星。到處牛羊歸路險，一時烽火夜來青。愁中白髮因山改，定裏高聲有鶴聽。衹見米顛遺穴在，杜鵑花事已冥冥。

走筆次韵贈王勿齋

憐君伯仲困鹽車，堪羡飛才縱所如。名自野人傳白下，詩從家學擬黄初。我愁河决驅行旅，誰惜民生迫釜魚。落拓相逢能快飲，醉來隨意作狂書。

感宗子發贈詩，賦謝

夜深蕭寺數寒更，再讀長歌耳目驚。爲愛雄才慚我老，從來大將屈人兵。千秋著作干戈裏，七邑飄零感慨生七邑水荒六年。莫嘆窮途堪白首，淮南何以勸民耕。

挽李廷尉映碧

昔年曾接數行書余《會秋堂集》嘗蒙惠序言，瞻拜遺型曳短裾。辛相堂前留逸老，滄浪亭上却安車。名山業就驚宸覽，太史星高焕草廬時倚江歸養。頻見白麻頒錦字，隴頭常挂紫金魚。

贈李湯孫

辛相堂前老桂根，有時香發滿中原。文章自昔傳家學，姓字於今動國門。獨喜一生常看劍，更奇兩次總參元壬子、甲子兩科，皆擬省元。十年縞帶頻携手，明日歸橈向小村。

會秋堂詩集卷九

七律

祝高鍾乳夫子七十雙壽

半天秋氣兩峰間，爲近重陽待雨攀。新菊滿園籬下酒，滄州一壁畫中山。文章自信雄京國，裙布相傳勝佩環。直到期頤應未老，不知何日見翁顏。

題萬年少隰西草堂

草堂高卧葛爲巾，故國蕭條問比鄰。夢入隰西開楚月，道窮秋水避秦人。誰知東海還餘地，何處深山別有榛。嘗把藥欄無限思，竹門疑對古漁津。

按：趙輯本詩末有按語云：『按：第二句别作「江浦荒烟蔽石茵」，第三句「歌傍素簾開楚月」，五句「地」作「夢」，七句「無限思」作「留浩骨」，今從墨迹。』

庚寅四月燕譽堂宴新樂小侯劉雪舫文照

極目江南一雁疏，舊時天地重躊躇。萇弘血染青青草，智井心傳久久書。留戀故人千里月，荒凉新樂小侯居。最憐乞食吹簫絶，獨坐湖頭看打魚。

游山半載不如歸，到處驪歌事事違。萬壑風來松骨冷，一江雲起雁行稀。王孫落魄誰傾蓋，客子逢秋盡授衣。記得與君淮上别，天涯鬢髮戀長暉。

辛卯浦上中秋與諸子訂交

西浦人歌木葉乾，碧鷄丹水動騷壇。天涯一榻中秋夜，風雨平川八月寒。不爲感時看意氣，相期問道補艱難。白沙滿地留知己，卧對江門望月瀾。

題萬年少

雨到青山楚色深，雁鴻千里絶知音。空餘斗室蒼苔滿，尚有匡床薜荔侵。夢寄秭歸悲隱地，書從胥井見寒心。隰西人去三湘外，秋夜招魂再鼓琴。

答劉雪舫

何時握手更言歡，歲晚途窮處處難。野水蒼茫留客話，故侯蕭瑟倚河干。舊來燕市餘三嘆，昔日劉郎剩一寒。縱有綈袍何足戀，莫將落魄與人看。

重入金陵

閑來無事正從容，處處青山每易逢。零落烏衣風柝緊，周旋皂帽晚花濃。客心遠送離宫雁，霜氣纔寒寢廟鐘。幾度登臨秋已老，昔年曾上兩三峰。

望南宋故宫

飛泉怪石繞空台，湖月猶懸五國哀。萬里游魂悲雪窖，當年遺迹鎖松槐。碪聲遥憶宫雲斷，樹影低隨輦路回。自古興亡難極目，六橋烟火雜蒿萊。

送龔大司馬　六首之一

鷄鳴山色正蕭蕭，燕子磯頭起暮潮。千里舟車人屬望，百年文獻獨登高。襟懷到處歸多士，寂寞吾生感二毛。碧樹秋雲無限思，遥看生意滿江皋。

栖霞嶺拜嶽王墓

千秋烟樹鎖回湍，百折嶙峋鐵不盤。熱血未消湖水碧，孤心常照嶺霞丹。壟頭夢斷黄龍冷，戰壘雲荒白草寒。無限死灰何處寄，獨留霜碣與人看。

丁未南游，喜顧處士亭林園中兩松樹，賦致主人

古道亭亭滿舊林，百年幽感更蕭森。豈隨野草因霜折，同向蒼天受月深。世亂每生中夜色，歲寒猶結故園心。所依若有山烟氣，直幹嘗爲君子箴。

祝眉長兄八十壽

名利相忘自古難，吾兄轉覺一貧安。水田百畝供高隱，海國諸生設素餐。骨性疏慵羞鳳詔，家庭嘯咏老鷄壇。縱令八十驚先過，誰說零丁一子單。

集水繪園，贈巢民先生

水滿荒城一棹通，頻來握手問詩筒。鬢眉如見當年色，門巷猶然處士風。海內文章誇父子，池邊鷗鷺識雌雄。杖藜日日論蕭寺，不使愁予逆旅中。

冬日客雉皋，贈巢民先生

江淮争識舊時名，慷慨當年動上京。自古文章因命顯，一生懷抱爲人傾。壯心熱處能辭禄，異患消來只耦耕先生生平善忍，每有外侮，只以平常心禦之。握手盤桓驚臘盡，奈何霜老促歸程。

淮陰釣台　三首

一軍驚後釣台荒，自此奇冤伏未央。半世報恩常不足，當年推食豈能忘。别無雙士歸真主，何必三齊又假王。千古英雄皆有恨，西風吹泪共茫茫。

獨坐荒台想釣蓑，良弓狡兔逐流波。河邊尚伏王孫草，沛上誰聞帝子歌。自古功臣歸路險，至今漂母見恩多。不須項籍愁垓下，漢室關山更奈何。

晚望淮天悵古今，從來國士少知音。堪懷孺子存韓日，誰識王孫覆楚心。困極投人艱一飯，功成報母易千金。悠悠不斷城邊水，猛將台空何處尋。

游華山，兼訪徐昭法 十首之一

復高峰上已暮春，故宫空有石嶙峋。十年□□常生雨，萬樹松虬總脱鱗。出入□□倦鳥道，等閑不許問山津。幾回爲憶□□響，一杖孤尋栗里人。

按：此詩又見於卷八《游九華十首之八》之六，字句略有不同。

辛酉秋，訪華山隱者朱白民

亭亭遠望見高風，鷄犬無心笑轉蓬。步步烟霞紅樹外，家家村落白雲中。江南日暮千峰亂，谷口花源一水通。愛爾窮年不出户，當時學道已成翁。

辛酉留别西湖

萬壑秋歸夢已孤，寒風夜夜逼西湖。山頭欲動梅花信，客裏離禁旅雁呼。千里友朋艱後會，一天霜月照前途。浩然分手吾將去，惆悵雙峰别老夫。

瞿山同諸子飲三山酒樓

中丞拜疏答宸諏，南國書成歲已周。豪灑清風歸瑣院，夢回殘月付簾鈎。青溪喚渡今無楫，孫楚銜杯舊有樓。買醉十千應不惜，石頭城外繫歸舟。

久客懷歸 甲子作

汩汩平川已素秋，一年身遠寄虛舟。風波自惜淹吾事，談笑於今有舊游。來日初經寒食過，歸期又是宿酲留。石堂烟火生圖畫，十里蒼茫不可收。

題陸公祠

北斗南遷王氣迷，潮鳴瘴海雨凄凄。天窮宋室龍爲遁，地盡崖門馬不嘶。一代君臣歸社稷，全家妻子逐鯨鯢。寒山每墜千岩泪，明月飛烏空夜啼。

颶風吹臘指危冠，千古忠魂泪未幹。戰血久涵南海碧，石磷高燭一天寒。鮫宫不輟朝參夜，魚腹仍尊講學壇。漠漠孤崖一拳石，至今猶爲趙家看。

楊伯重七十

不用深居避世囂，圖書滿壁轉風騷。常留歲月依南畝，獨見平生有布袍。白首分閑隨洛社，長齋綉佛隱蘭皋。春梅樹樹争先發，更喜階前玉笋高。

恭兒復入都門 得杯字二首

别泪沾裳歌復開，天涯名利繫燕台。艱難作客身千里，珍重離家酒一杯。慨我於今過七十，念兒何日再歸來。長安不少奇男子，莫墮平生始見才。

五月離鄉首重回，一堂骨肉共徘徊。年荒赤地人如虎北地旱灾，處處戒嚴，日落黄河水似雷。帶病倚閭愁汝母，因風扶杖喜孫孩。堪憐歷盡還家夢，最是關情除夜杯。

載菊詩，和趙雪乘、梅石坎、項鳴先、侯記原、吴定遠、劉石林諸君

攜手如登處士堂，獨憐鬢髮已蒼蒼。一船野浦深秋色，千古東籬晚節香。傲入霜天重泛泛，幽連溪水共茫茫。杖藜問别江南路一作『從今别向瞟城外』，三徑應知總就荒。

歌分吴楚散蒼烟，列坐猶如種菊田。滿把落英依渡口，何人送酒到溪邊。正宜夜泛荒籬月，不覺秋深晚棹天。兩岸山花俱寂寞，只因難避老霜堅。

九日招謝山人

我欲爲歌覽四荒，晚花相向亦疏狂。避時漫□跏趺坐，倦夜還修薜荔墻。樽酒且將招逸客，圃萸偏自識重陽。秋笳石骨生雄思，歷亂於今又蚤霜。

夜渡射陽，别李鶴軒不遇

天下相知在海濱，誰歌秋水送離人。欲期他夜還乘興，且喜今宵若問津。明月與君償酒

債，射湖許我作逋臣。素懷從此勞歸夢，渺渺漁烟可卜鄰。

別張九如從軍

東谷鳴鴻響石湍，不知何地可爲歡。百年交訂難爲別，三月春深夜復寒。世事於今成逆旅，書生從此説登壇。子房自有封侯日，滿道西風未報韓。

懷朱蓼庵 夜對菊花時

懷君不厭晚香多，避地經年卧薜蘿。雁帶雲聲驚劍舞，風吹暮響雜天歌。層陰漸落堪扶筑，短夢難招復枕戈。村釣欲收溪雨亂，殘秋獨老思如何。

月夜別劉成章別駕

月傍湖干擁素流，驪歌初發晚悠悠。方窺石閣燒藜夜，又隔鷄欄擊劍秋。片水爲交天地重，一囊同寄古今游。相期難定將來約，信宿談諧倒十洲。

重陽日生吊李肥泉

城居海岸氣如烟，豈特崖門事可傳。炊蕨山中人獨餓，畫蘭樓上骨猶顛。十年香滿黄花地，萬古秋横碧血天。壯節已能成一死，布衣分手重流連。

山夜候羽翁樵者

結交今已十年非，閉户栖雲杖策稀。燕雀逢人分鷇食，兒童喜我卧牛衣。滿山明月相知少，秋里秋風一夜歸。共與樵夫期臘日，采葵無盡世相違。

按：趙輯本詩題後有小注云：『一作「山中即興兼候羽翁樵者」，今從墨迹。』詩末有按語云：『按：第一句别作「入山深處自忘歸」，二句「閉户」作「白首」，第五、六兩句「澗中不識青蛇路，劍外難通紫棘園」，末句「采」作「菜」，今依墨迹。』

贈東溪釣者

東溪釣者夜乘舟，帶老披霜佩荻裘。寒雁一聲思古帝，倚橈三嘆卧中流。每看海泛龍雲氣，時見江收塞月愁。懷鋏浩歌千里外，笛聲如在渭磯頭。

吊史相衣冠墓

寒風瑟瑟落花飛，故國平沙夢未歸。一哭蒼天心力盡，幾揮長劍歲時違。栖雲每帶衣冠氣，浩魄常含草木威。何處可收柴市骨，蕭蕭松櫝對殘暉。

雨中閱憶翁集

日暮空成萬古吟，頑民自可托知音。素秋刻燭懷人夜，荒井遺編故國心。文信與君高宋骨，春秋同此作書林。悠悠風雨相思處，滄海携歸姓氏沉。

喜愚庵西歸

荒草長途念獨存，馬門孤劍指雲門。西歸難肅將軍令，東顧常思宰相恩。落日王孫誰是昔，他家燕子莫深論。晋中此去遥相憶，可有當年黄葉村。

挽成世傑母周孺人

荒城春盡咽慈烏，蒿里聲歌滿路衢。永夜清燈虚幔冷，一庭明月大椿孤。布衣椎髻留家法，孝子號天愴灌夫。幾樹白楊新隴畔，好來飛誥勒坤隅。

晦日集張護先東壁堂

歷歷高懷正可攀，念予蕭索對松關。何妨客醉歌争起，再向禪機夢一回。路有繁霜愁晦日，人逢知己即名山。從今一别瞎城下，千里鴻音自往還。

旅中立夏

風雨疏窗惜遠游，半天春老送浮鷗。且將長嘯封鶯谷，又聽孤笳下戍樓。濁酒不沽妨白眼，旅燈初濕夢南洲。而今赤帝杳何處，入夏猶悲宋玉秋。

與家伯仲聚懷秋堂

愁照江淮雪滿人，鏡絲草草各徒然。鶺鴒多難干戈後，鴻雁今歸風雨邊。夜半醉傾彭澤酒，春深人老羲熙年。不須早起防豺虎，恐別蒼苔又一連。

按：趙輯本詩題後有小注云：『一作「家伯仲後聚蔬枰草堂得天字」。』詩末有按語云：『按：第一句別作「自古江淮總一天」，二句「頻年阻我弟兄緣」，五、六兩句「都覺夢中難問道，且從原上共耕烟」，末句「日日懷秋枕祖鞭」。』

咏秋

相看濁世一殘枰，自顧空餘草昧晴。宿氣含雲朝槿濕，清風結夏早鴻輕。水光欲動寒初下，人意多閑利易生。獨傍石亭歌不起，可勝深思入山蘅。竹徑將開説晋林，衡門避世築苔深。黄昏蕭瑟堪舒興，白夜蒼凉可會心。悲切招魂生慷慨，才憐作賦擬登臨。此時莫惜霜碪意，何處相思送遠音。

書石橋村叟壁

白石青林永夜歌，疏風斗酒坐盤阿。爲憐蓬髮除繁草，故遺塵襟换短簑。世上春秋依蟪蛄，村中晨夕老羲和。盡歡方得田家意，贈我濤聲不可多。

舟中望初月

燈火依依酒一爐，片帆西去看舒鳧。歌聲欲起寒生夜，月影將來秋滿湖。天地何曾孤草澤，笑談偏自入葭蘆。不堪長望留餘思，過此蟾陰漸可呼。

同人登謝山望雨

幽澗鳴泉起卧沙，東風初動響谽谺。歌弦半澀飛吴語，憑眺將收憶謝家。白下雨來流紫電，黄昏山冷蜕青蛇。已知再别成難事，吊古相同賦落花。

秋晴早發 時往吊姜子

秋草菲菲秋水平，輕舟未鼓月還明。天孤道厄悲今昔，歌影潭深哭友生。林影將分猿兩岸，野光初動鶴三聲。射陂漂渺情無盡，何日歸來酒氣横。

宴雨

三月山中宴雨寒，正堪長夜酒漫漫。布衣一聚雲還卧，茆屋雖卑眼自寬。東海何人堪白首，南陽無地可黄冠。春歸石榻繁陰滿，坐對蕭蕭燕子欄。

將入淮，寄郡中諸公

青天一别鳥空啼，溪壑無聲淮水西。蔓草都經寒露濕，高山不受夕烟迷。雖然人遠蘆花近，但覺情深燕子低。春夜酒闌曾與宿，園葵若滿再招携。

村夜

劍星浮動照村眠，白夜荒苔蔽石田。茅屋野蟲穿草帖，竹窗秋露濕湘弦。閑歸海上披禪月，病在天家買藥船。野老同居謀古道，蕭然長挂杖頭烟。

吊韓侯

中原霸氣已雲屯，萬古等壇衹數言。雄助《大風》高沛上，勢追垓下走江門。擇君自是封侯事，報母誰忘推食恩。空有吊台餘碧草，一竿何處問王孫。

舟夜書懷

日暮懷山急野船，幾家楊柳釣磯邊。扶桑入海成摧折，腐草爲螢自往還。春望不分潭影寂，宵音四起石潮懸。山人乘夜尋歸思，一嘯長空信有天。

八月十四日夜飲翼園聽蛩

山家有酒自招尋，疏壁纔含石外音。月少一分秋漸滿，蛩生幾處夜將深。悲吟已失孤城角，凄切猶寒少婦碪。足迹此時難寄托，莫教知己負園林。

下射陽懷人

船上披衣作釣徒，芰荷雖老尚扶蘇。三年欲寄今宵夜，一醉能爲萬水圖。人爲有懷蘋易白，溪因無雁棹猶孤。知君同是江南約，王謝空餘燕子都。

送徐臞庵之任

蕪城春色好揚舲，再見仙郎出漢庭。争説公孫方躍馬，不妨揚子且談經。桃花水漲邛江白，夏日雲開楚地青。聞道直西巴蜀近，文翁舊得使臣星。江鄉聚首掩柴荆，俱昔麟壇狎主盟。華嶽半殘秦苑樹，雪溪猶繞楚王城。荒烟滿道分征戍，冷露横空未洗兵。投筆莫言無壯節，玉關烽火暮雲平。

春興

當年射策丹霄回，幸遇同趨鵷鷺班。劍氣香浮偕虎拜，旌旗日照仰龍顔。方懸魏闕誠何補，遂任烏號不可攀。花柳感時傷往事，圖君惟有入深山。谷口春居鎖寂寥，登高望遠鬱迢遥。深山二月寒雲起，落日千原野火燒。草樹當門相抱屋，溪流入澗不通橋。東風送暖來芳甸，漸見晴光拂柳條。

閏七月 五首

老去傷懷客夢多，登樓高放舊時歌。人間此夕重分巧，天下雙星又渡河。烏鵲情深偏助駕，銀橋月朗喜回波。縱教歲歲如今日，兩度相逢亦幾何。

我欲乘槎正晚晴，夜憐牛女復尋盟。隔年殘夢餘今夕，前月相期又此行。世短總因人倍巧，會難況復兩無情。雖然兩赴河橋約，倍覺離愁繾綣生。

月出驚催北雁聲，晚年愁見髮莖莖。新秋鐵閣還增巧，今夜銀河分外明。牛女重逢添一度，鵲橋佳會好難并。千鄉樹色連江水，放眼看雲更有情。

巧引蛛絲宴復開，江城片片晚霞催。玉樓結彩重穿綫，靈鵲填河又作媒。織女曾經妃子笑，牛郎還望錦文回。百年人隔誰聽此，安得相逢月月來。

佳人月下閃紅綃，廿四橋邊倚洞簫。此際天孫還過渡，舊時河鼓復招邀。别離枉積千年恨，雲雨空悲一夜遥。瓜果盤分稱盛事，獨憐孤旅更無聊。

蔬枰草堂雜詩

石板橋西一草堂，百年圖史幾經霜。潮連紅樹夕陽動，人嘆白頭詩骨蒼。身外任銷新歲月，門前不改舊滄浪。相逢只道別來事，莫哭窮途秋更長。

姑蘇懷古

姑蘇台畔水空明，回首當年霸氣横。勾踐行成原辱國，西施歌舞即奇兵。千秋落月歸吴沼，一片荒烟對越城。獨立胥門猶惆悵，江頭何必怒濤生。

按：此詩又見《中國古代書畫圖目》第十五册，第一六〇頁，遼寧省博物館藏品，字句略有不同：『姑蘇台畔水空明，長嘯臨風月夜清。上苑鶯花成傳舍，西施歌舞即奇兵。千秋落月悲吴沼，一片荒烟對越城。獨立胥門復惆悵，江頭何必怒濤生。』

懷漣水王予鵠

襄賁一水論交地，隔歲音書嘆亦稀。笛裏懷人思不盡，春深作客夢先歸。生平誼重留雲子，江海愁分老布衣。爲念幽居高士在，衡門咫尺共相依。

和孫惟一舟中除夕

高歌短棹送黄昏，霜滿船頭水一村。草木凋殘天臘静，溪烟凌亂野磷奔。羈人易斷三更夢，壕吏猶呼隔歲門。半菽且酬今夜事，帶將辛苦試兒孫。

與倪將軍宿海上，來日别余游燕臺

步步艱難國士風，蒼茫萬里識英雄。孤城角散清霜外，半夜歌分大海東。我願曳笻湘水去，君當説劍薊門空。應知此别黄金盡，何處投交似野鴻。

下射陽懷梁公狄、朱監師

船上披衣作釣徒，芰荷相傍老平湖。三年欲寄今宵月，一醉堪爲萬水圖。人爲有懷蘋易白，溪因無雁棹猶孤。知君同是江南約，王謝空餘燕子都。

按：此詩與本卷《下射陽懷人》或爲同一首，字句略有不同。

即韵寄嵇叔子

漣水東頭卧白雲，舊年携手正秋分。三山事業封秦道，一夜悲秋入楚聞。巢父有田堪牧犢，海鹽無令可移文。知君卜地存周史，願共匡床薜荔裙。

鷄鳴寺宴别

濁酒清歌動寺扉，亂來辛苦故人稀。青山漫掃鷄鳴道，白露偏寒送客衣。一夜江聲千里别，百年秋色片帆歸。荆門此去干戈滿，莫把晨星傍落暉。

會秋堂文集卷一

序跋

世耕堂詩集序

詩盛於周，騷盛於楚。楚用〔一〕之建國也，不敢與周分統。騷亦詩之别派也，繼是而變爲賦、頌、銘、贊、歌〔二〕、行、詞、調之類，悉皆六義之餘。迄有唐而諸體俱備，有識者審音聲而辨士風，觀體制而别隆替。必其大義舉而名物隨之，要不失作者之意，此詩之所以難也。故凡氣之動物，物之感人，摇蕩性情，形諸歌咏，動乎天地，觸乎鬼神，莫切於詩。故諷喻之詩婉以正，宴會之詩親以規，離别之詩怨以思，閑適之詩韵以暢，豪俠之詩直以壯，廟堂臺閣之詩端以華，去國懷鄉之詩悲以切，塞客孀閨之詩凄以栗，老師宿儒之詩坦以直〔三〕，懷人思婦之詩深以摯，狂夫野老之詩朴以放。使味之者神往，聞之者心動，而後可與言詩。

嘅夫今之詩，動輒成篇〔四〕，互相標榜，溷而難明，譬猶易口而相譽也，何取乎？予與孫學士籜庵自齠齔〔五〕納交，四五十年如一日。歲戊子，學士奉詔廷試，授李官，其贈友詩有『古今一草昧，天地兩劬勞』之句，予賞之，嘆其險絶高遠，奇矯無前，七子不足擬，即李崆峒亦所罕覯。學士從弱冠以抵成人所賦詠，黜華〔六〕崇雅，要歸典穆，洋洋乎有老成之風。歲戊戌，奪大魁，累官學士，居位居鄉，守淡泊，厭紛囂。性傲〔七〕骨疏，渟蓄淵雅，有晋人風味。不釣名譽，不逐波流，不踐過失之地，不作忌諱之語。恬退之義，成於自然；安仁之樂，幾於有道。吾鹽數百年來，得學士一人焉。生平喜爲詩，亦喜予〔八〕所爲詩，更喜與予論詩。每聚必至燈灺酒闌，楸枰雜遝時，復還韵唱和而别。歲壬戌〔九〕，迄今七載，病卧床笫。間檢向所爲詩，散逸〔一〇〕過半，令嗣若金搜行篋〔一一〕，得若干首，屬予評次。

讀諸體詩，如商周〔一二〕人物，威儀舉舉，正可施之朝廟；又如天寶父老，劇談遺事，言言實際，絶不衰落；又如蒼林大壑，氣色高渾，耐人縱觀；又如韓信將兵，旗鼓精嚴，變化莫測；又如駿馬走坂，日可千里，馳騁之迹俱無，詩之能事備矣。予所謂氣之感物，物之感人，動乎天地，觸乎鬼神，莫斯編若矣。此道未墜，必得英絶領袖之者，微學士其誰與歸。

康熙己巳歲仲春月望日，眷姻家同學弟宋曹頓首題〔一三〕。

按：孫一致《孫籜庵詩稿》（清康熙刻本）、《光緒鹽城縣志》卷十五《藝文》亦載。

【校勘】

〔一〕用，《光緒鹽城縣志》作『周』。

〔二〕歌，趙輯本無，據《光緒鹽城縣志》補。

〔三〕直，《光緒鹽城縣志》作『則』。

〔四〕篇，《光緒鹽城縣志》作『編』。

〔五〕齔，趙輯本原作『齡』，據《光緒鹽城縣志》改。

〔六〕華，《光緒鹽城縣志》作『浮』。

〔七〕傲，《光緒鹽城縣志》作『敓』。

〔八〕予，趙輯本原作『余』，據上下文及《光緒鹽城縣志》改，下同。

〔九〕壬戌，《光緒鹽城縣志》作『壬辰』，誤。

〔一〇〕逸，《光緒鹽城縣志》作『佚』。

〔一一〕簏，趙輯本原缺，據《光緒鹽城縣志》補。

〔一二〕周，趙輯本原作『金』，據《光緒鹽城縣志》補。

〔一三〕此句趙輯本、《光緒鹽城縣志》無，據《孫籜庵詩稿》補。

贈大處士王筠長先生同志録

人之所貴爲知己者，要在生平之所接，道義之所親，人品學問之所裨益。與夫出處患難之際，彼此同心，貴賤不易，始終無愧之，爲知己耳。

如我王處士筠長先生，與予同梓里，長予七歲，弟予，予兄事先生。先生自幼與予志氣相合，舉動相關，學術相勉，患難相顧，五十餘年如一日。先生負意氣，不忝所生，每擊節大呼，憂切時事，昂昂然以天下爲己任。會甲申三月，闖賊陷北京，烈皇帝殉社稷，神號鬼哀，天地震動。督師史公卧薪嘗膽，先生從之。迨事不可爲，先生解印綬歸，予亦回藉，先生與予相謂曰：『是可以隱矣。』爰結伴桑陵〔一〕，作耦耕圖以老。自是交益篤，志亦堅，相與定姻盟，修世好。孰意予之次女適先生之次子燕伯，不數年而死矣。先生與予拉手拊心，僵仆於地，吾兩人爲過情之哀，哀吾女之賢也。

先生〔二〕之生平孝友敦篤，師帥人倫，淹博如海，著作如林。表先正，引後學，善必稱，義必舉。雖未身任天下事，而念切時艱；雖未手援天下人，而志存排解；雖未躋聖賢之域，而學追關洛。予嘗有難，義難之也，非予之罪也。先生數入淮視予，必待事平乃返。嗣是先生亦有難，義難之也，非先生之罪也，法司將案獄。予赴淮八閲〔三〕月，晝夜籌慮，鬚髯遽蒼，便血如注，當事感動，事乃平。先生與予之心迹既同，而患難又同。先生中年效龔聖予纂《陸丞相崖山志》，又爲其先大人飛卿先生輯〔四〕《倚樓集》，又爲予校閲《杜詩解》，予亦嘗佐〔五〕先生纂《邑乘》，先生又嘗爲〔六〕胡侍郎纂《國史》，予亦有總裁《通志》之役。先生與予之學業又同。歲己未，詔試天下博學鴻儒，授史官。先生之東道主邱廷尉、胡侍郎、楊太常交爲先生勸駕，當連表以奏，先生固辭。予亦屢奉山林隱逸之詔，亦屢辭。先生與予終隱之志又同。予之子恭貽、凱貽受業先生之門，予亦嘗授經於先生之冢君生可，先生與予之師道又無不同。先生知己我，我知己先生，我兩人可以無愧於生死矣。

今先生客京師八年始歸，髮蒼蒼而步曳曳，耳塞聰而齒不完，神氣雖未衰，而貌龍鍾，尚復有知己如宋子耶！

按：《光緒鹽城縣志》卷十五《藝文》亦載，題作『王筠長先生同志録』。

【校勘】

〔一〕此段文字趙輯本無，似脱去一頁，據《光緒鹽城縣志》補。

〔二〕趙輯本『先生』前有『回憶』兩字。

〔三〕閲，《光緒鹽城縣志》作『越』。

〔四〕《光緒鹽城縣志》『輯』前有『纂』字。

〔五〕佐，《光緒鹽城縣志》作『爲』。

〔六〕爲，《光緒鹽城縣志》作『佐』。

傳

元將軍傳

卞元亨，號柏門，一號東溟叟。其父虞東侯，禱真武帝而生公。生時有異徵，豐額高顴，骨清神偉，讀書過目輒成誦，善詩解。好琴，製鶴骨笛，月夜弄人，聲應九天。有膂力，膽略過人。東海嘗出猛虎，路絶往來，公岔曰：『昔周處射虎斬蛟，以除民害，吾當效之。』人以爲狂。公獨往，無寸械，適虎當振威，公從容近之，以足蹴其頷，虎立斃，其豪邁如此。元末黨事盛，紀綱叢絶，天下盜賊蜂起。公流離磅礴，雖有意於澄清，不可得而清也。患不當路，欲毁家産，給軍餉募兵勤王，以倡士民忠義之心。時中山永王督山東兵徵剿，公挾策以往。王留軍中，以殿左將軍任謀畫，諭之以訓烏合之衆，毋刀刃以澤物，利生爲心，不聽。而南北黨事齊起，公不爲抵角地，遂慨然有擊楫中流之思。南通籍，得柳州武宜令，僰道艱危，阻絶天外，親朋勸勿行，以甲申變後事，不可爲也。南池佛然起坐，酬酒自誓曰：『蒼梧半壁，即吾立命之地，事之濟與不濟，天也。』遂倉擇時日以往，其妻、若妾、若子、若婦六七人與之俱。祖道離情，無不掩面而痛者。南池毅然升舟，終不復顧。是時，江關行李之慘，與鄉國隔絶之悲，哀風黯黲，僕從無聲。南池戒家人曰：『吾生平志願，言猶在耳，此行得無死所足矣。』及莅任，適逢故人瞿稼軒建牙桂林，相與咨籌大事。未幾，改兵部職方，遷門下省，彈章侃侃，時議切當，粤西人皆稱爲陸敬輿復出。嗟乎！大厦既傾，落日難挽，至丙戌事去矣，蹙蹙靡所之矣。南池復戒家人曰：『吾生平志願，言猶在耳，肯向草間求活耶？』即日具衣冠，沉黄沙水死。夫人楊氏與亞夫人俱死，子澆授北流縣令，聞信亦死，凡家人同死者二十八人。嗟乎！南池自登孤山之巔，而累太息者，辨一死久矣，烈哉！

王處士傳

處士王翼武，字文備，即徽君王筠長之侄也。少穎異，讀輒不忘。五六歲時，踞小几問其父石臣曰：『梁襄王非惠王仲子乎？』曰：『何謂？』曰：『長子死焉。』石臣大驚。弱冠就試，學使宗工奇之，拔第一。以能賦詩屬文聞於通郡，凡坐卧吟諷未嘗暫輟，年二十餘，貫通經史百家之書。生平篤倫常，尚節概，崇正學，輕末技，秉心不渝，動必由道。聞一善，輒盱衡擊節；得一後進，輒揚眉起舞。同學爭質所長，或問以詭僻事，處士盡爲之對，人皆以謂莫能及也。

甲申三月，逆闖陷北京，賊兵南下，齊魯披靡，將襲江淮。御史王公以堅壘抗其北，處士同徵君與予與祁公燮不假一節之權，不足一任之衆，感動義旅，遂扼其東。賊窮授首於淮者三（謂呂、弼、周等），以故鄉梓里得以安堵。未幾國變，處士散髮佯狂，托疾痿痹，堅卧四五年，家人不知，惟徵君與余知之，處士可謂隱忍不撓矣。元配周氏，椎髻布衣，能志處士之志，處士起而周逝矣，處士哽咽數載不復娶。高尚其志，課授生徒，閉户不出，著書二十餘年，纂輯綱目并箋注各書，及所著詩文若干首，每命篇，一瞬千言，多帶楚臣去國、漢將雄邊之氣。進士孫東海雅重其才，尤賞其秘集諸節傳記，并東海樵夫、賣菜傭、孫供奉、秦吉了、御卮馬、御舟鵰諸詠，稱爲詩叟。

處士嘗自謂：『士君子，惟立身爲難。』與徵君同其懷抱，坦蕩冲融，更相唱酬，卷舒道義，徵君不先，處士不後，彼此喻志，實足千古。故爵禄富貴，不足以華其身；陸沉海澨，不足以淹其志；寒玉清冰，不足以潔其心；泥蟠塗混，不足以污其迹。蓋處士之窮於時，處士自窮也。昔謝枋得、鄭思肖之徒，亦皆相望而窮於時者也，天豈無意窮處士乎？處士年四十五而卒。子二：行夏、造夏，各有文采，立品修業，能重處士所交之友，能誦處士所遺之書，能盡處士未竟之志，真可謂不孤天意矣。

烈婦胡氏傳

烈婦胡氏女，適劉國用爲繼室，嫁未久，國用以疾死。氏〔一〕年甫二十，痛哭墜地，欲與夫俱，舅姑初防之。氏惟撫國用前妻所遺數月〔二〕子大順，寂坐房中，至〔三〕七日不出，且閉其户牖，更以布〔四〕遍冪之，不使家人窺，家人亦不得其故。再歷七日如之，自是越七十日，皆如之。每祭思〔五〕哭，若不甚哀，舅姑疑〔六〕其有他志，胡不辯。

七十日後，去〔七〕其户牖冪布，親治饌，祭國用。祭畢，痛哭如初。已伺舅姑寢，繼視〔八〕子大順亦寢，仍寂坐房中，家人以爲常，亦不窺〔九〕。舅姑私相嘆曰：『兒夭，孫非婦出，今夕婦大慟如兒死日，婦之報吾兒者，盡此一哭矣，婦去志將決矣。』乃含痛就寢。至曉啓户，胡已縊於國用之棺左，舅姑驚號仆跌，手足無措。因憶〔一〇〕氏寂坐房中事，傾其〔一一〕笥篋，得二〔一二〕老人衣履如許，子大順周歲衣履如許，兩三〔一三〕歲至七八歲衣履復〔一四〕如許，皆成於七十日中，皆〔一五〕己奩物所改製也。針縫工巧，不挫毫髮，若婦人〔一六〕之安處家室而無他故者。

嗟乎！氏已凛然於決死之義，則竟死可也，而乃於七十日之後死。此七十日中，晝夜悲辛，沉機密智，周旋其舅姑與其非己出之子於十年以後事，其孝且慈之至性，又何其委曲凄惋，絶出乎人情意計所不能測〔一七〕也。從容就義如氏者，可不謂之大丈夫哉！

按：趙輯本文末有按語云：『按：氏死，事聞于知縣陳美，親視棺殮，裂帛爲文以祭之。其文曰：「節義矢良，堅貞植性。痛亡夫之先隕，確爾輕生；聞奪志之微言，毅然鮮計。慘切長號於竟日，從容自盡於殘更。五夜孤燈，獨照一腔心緒；半尋短綆，永維萬古綱常。況生蔾庶之家，知禮最罕；且當少艾之歲，捐軀猶難。擊目心酸，蓋棺事定，應請旌表，以挽世風。」（《沈志·藝文》）』《沈志》即《乾隆鹽城縣志》，卷十五《藝文》收有陳美撰《祭烈婦胡氏文》，即趙輯本所引。宋氏此文，《光緒鹽城縣志》卷十五《藝文》亦載，《乾隆淮安府志》卷二十九《藝文》亦載。

【校勘】

〔一〕氏，《光緒鹽城縣志》作『胡』，下同。

〔二〕數月，《光緒鹽城縣志》無。

〔三〕至，《光緒鹽城縣志》無。

〔四〕更以布，《光緒鹽城縣志》作『以布幕』。

〔五〕思，《光緒鹽城縣志》作『畢』。

〔六〕《光緒鹽城縣志》『疑』前有『爰』字。

〔七〕《光緒鹽城縣志》『去』前有『盡』字。
〔八〕視，《光緒鹽城縣志》作『伺』。
〔九〕亦不窺，《光緒鹽城縣志》作『亦不之窺也』。
〔一〇〕憶，趙輯本原無，據《光緒鹽城縣志》補。
〔一一〕傾其，《光緒鹽城縣志》作『盡傾』。
〔一二〕二，《光緒鹽城縣志》作『兩』。
〔一三〕兩三，《光緒鹽城縣志》作『三四』。
〔一四〕復，《光緒鹽城縣志》無。
〔一五〕皆，《光緒鹽城縣志》作『又』。
〔一六〕婦人，《光緒鹽城縣志》作『人婦』。
〔一七〕測，《光緒鹽城縣志》作『料』。

黄木橋孫烈婦傳

橋在陽羡城北三十里，即烈婦死處也。婦民家女，夫王姓，以甲申禦賊，歿於西滆湖。婦繞湖哀慟，覓夫骸不可得，誓不復生。上有老姑及一子在抱，姑謂婦曰：『汝當勉存事吾，吾有婦，即有子矣，亦即有子矣，亦即有孫矣，汝死，此呱呱者，烏能存乎？不幾斬吾兒之後，使行路者，呼吾爲無食無兒一婦人，汝心安乎？』婦於是勉存事姑。

居年餘，日采野菜給朝夕，家益貧困。或有勸婦改節者，姑念婦孝，不忍遺將子他人子，而以婦婦之。婦阻不從，終納幣，婦即投懷中兒，潛往黄木橋下，自沉死。越三日，颶風大作，湖水爲涸，見一骸，戎服鐵帶，帶鈎刻名姓，即烈婦夫也。是日，烈婦尸亦浮出，因得與夫骸合葬。時道傍觀者，無不流涕唏嘘，謂精誠所感終與夫骸同穴，真千古奇節。

逸史曰：昔曹娥沉江抱父尸出，烈婦投橋下擁夫骸出，古今節孝無異，宜合祀之。

墓表

敕旌雲間雙節金母錢劉兩孺人墓表

錢、劉兩節母者，學博筠亭先生之祖母與叔祖母也。金於西漢稱望族，迨宋高宗南渡始來雲間，及華峰公十築泖湖，以計然策起家。配吴氏，長子璧，字君珍，次子階，字恪如，少長不相及幾二十年。錢歸君珍公，婦道能得舅姑歡，事夫甚和敬，閲十年而寡，遺孤二，長者四齡，次七月耳。哀痛忍死，誓代夫供子職，以撫藐孤，誠難之矣。及恪如公，長聘劉、錢，復佐翁姑，成郎叔婚，視娣如妹，不欲以家事過勞之。劉年甚少，亦心敬姒之苦節，每事必請命，而任操作。其時華峰公夫婦老，心傷伯子之亡，而復内重冢婦之志，且喜新婦之能宜家也。甫四年，而劉復稱未亡人矣！無所出，妯娌相向悲哀，幾無生理，錢輟哭謂劉曰：『天實爲之，吾與若雖死，其如堂上白頭何？若無子，請於翁姑，以吾次子爲嗣。』劉素動於錢，遂毁容矢志，一門二孀，相依爲命，各撫一孤，煢煢孑處，傷矣！乃二母卒，能備致孝養，以頤養華峰公夫婦，迄於考終，且力營喪葬如禮。方華峰公即世，孫尚幼，雲間賦役固重，里中豪强，群以征徭役挫衄之，二母慨然相謂曰：『以産而累吾兒，孰與割産以安吾兒？』於是棄去膏腴，日動紡織，以給朝夕，而教其子若孫，克底成立。錢壽七十有九，殁於皇清康熙辛亥之八月二十一日。劉壽六十有一，亦殁於辛亥之九月二十六日。是年十月二十八日，各歸夫壙合葬，雙冢魏然，則皆錢長子南英公諱校、冢孫筠亭諱本修之經理也。葬後，拜敕命賜坊旌其節。又十年辛酉，學博請補表其墓。

宋子曰：表墓，非古也。婦而表，愈非古，惟婦而士行者者可表，此葉臺山氏之言也。今兩母於古之義士，何可以不表。余獨異其相遇之奇，而相成之非偶然也。錢生於萬曆癸未八月五日，年十七而嫁，嫁二年，萬曆辛亥七月七日，而劉始生。劉生九歲，天啓己未錢已寡。又六年乙丑，劉十五歲始歸金仲子，迨崇禎己巳亦寡。計錢之年，長劉十八歲，而錢喪夫於二十七歲，劉喪夫方十九歲，錢守節五十有二年，劉守節四十有二年。其生其嫁，其先後失所天，與歷年之多寡，俱參差不能强同。而同矢冰蘗之節，劬勞艱難，合心并命，同殁於一年，復同日歸窆，同從其夫之兆，同膺旌典，烏頭雙闕，同建里門，天之所以成二母者，何厚且遠也哉！二母固於天同壽矣。然窮樞陋巷，匹夫守貞，非無苦節，而未必得子如南英公，以經濟動幕府，孫如筠亭先生，教行淮海，合兩世孝思，表揚雙節，卒遂其報稱之志而無憾，則二母雖復不泯於天地，能必其烜赫光寵如是乎哉！余故表之，以勒貞珉，而并以見雙節之食報，非天幸也。

塔銘

金山江天寺鐵舟海和尚塔銘

予老矣，偶爲浪游，憩金山。法乳和尚謂予曰：『别公二十餘年矣！先師鐵舟老和尚，駐金山三十年，鼎建鉅功，事同開創，公悉聞之。有塔銘刻文，藉公不朽，石已具。與公同鄉，敢請。』予遜謝，既又請予曰：『皆所以開導有情，闡明正覺，兹以老和尚之功用莊嚴，遷化殊特，烏可不標舉大概，昭示來兹，效奉揚於萬一乎？』

師諱行海，號鐵舟，南澗箬庵老和尚嗣法弟子也。俗姓蔣氏，爲新安巨族。父有善行，祈嗣於黃山之朱砂庵，夢金神從竈上以兒畀之。明神宗已酉年十二月小除日，師降生。三歲失恃，父出經商，依兄嫂，刻刻念父母不置，尫羸成疾，兄憐之，携往忠靈院祈佑。師見像教端嚴，欣然忘返，兄即命其僦食院中。師嘗於琉璃佛火之前，瞻禮經行，儼若老衲，主僧訝之。八歲疾愈，父挈之赴金陵，授以帖括業。師聰慧絶倫，凡經籍無不該覽，然而非所願也。偶閲釋典，及聞梵唄聲，猛然心動。年十七，舊疾復舉，幾不測。自念本分一著，從此厭世，妙契本心，向上一念，如矢赴的。未幾，父殤，扶櫬由牛首夜行，冷月凄風，途間假寐，聞林中神謀某，禪師入定在此，我輩當拱伺左右，毋撓之。及醒，四顧寂寥，山籟俱泯。營葬畢，奮然立志，遍叩名藍，愈加策勵，每日結跏澄坐，不知有飢渴寒暑，機用彰明，業益精進。必就諸方尊宿，往返扣擊。又以宗旨未透，晝夜服勞，苦參力究，十有餘載。時博山和尚駐錫天界寺，師慕其道眼朗徹，即懷瓣香，特求汲引，交融水月，言下有省，遂投德蕊香和尚剃染，就報恩三昧和尚圖具，次謁五峰、寶華及天童密老和尚，皆於最上宗乘，真參實學，放眼虛空，都無窒礙。一日，定中承巨舟揚帆疾行於烟波浩淼中，一山屹立，殿閣參差，雲樹縹緲，聳然天際。迨出定，知是夢境。嗣從潤州渡江，睹金山，恍如昔夢，因緣夙定，亦非偶然。自是往靈峰，特謁箬老和尚，客次未及叩問，遂參林皋和尚，住竹林三年，躬詣南澗，敦迎箬老和尚，所謂『靈峰曾一見，夾嶺又重逢』。機緣載《語録》中。此後大用現前，當機不讓。是歲，老和尚赴金山，師遂往。解制日，命監院事，辭不可，且與前夢符合，黽勉惟命。老和尚復歸磬山，江心祖席，屬師攝之，繼授衣拂。

顧金山當省會之衝，緇素雲集，曾無祇園布金之術，咬定菜根，隨緣節儉，一切廢墜，靡不修舉。但祖堂板蕩，法座虛存，師乃披荆棘，辟砂礫，次第布置，宿錯星羅，正脉頓興，學侣奔赴，鐘鼓一震，響徹江心。自有靈山以來，興建稱絶盛矣！壬辰應江寧天隆之請，癸巳還山，常住日窘，托鉢邗關，寓華藏庵。賊至，刀斧環集，師曰：『我世外人，可殺不可辱。』賊遁去。金山屢遘風鶴之警，皆以法忍持之，僧衆賴以無恐，蓋由其一誠所孚，内静外忘，故異患莫得而侵之。癸卯春，住五峰紹隆。明年，過維揚，設齋僧館，遍給雲水，復還曉堂。歲丙辰，赴河阜三昧之請，乘願東行。入方丈日，萬指環繞，頓使海濱斥鹵之鄉，盡聞妙諦，大振宗風。繼又還山，前後住山數十年。嘗曰：『佛法自馬祖以後，大慧以前，大機大用，極變化於莫測，萬别千差，超情離見，總不落三乘窠臼者，實難其人。當正法陵夷，邪魔互熾，得一人焉。特提宗旨，壁立萬仞，俾依聲附影之徒，斂迹却避，其有功佛祖，爲何如哉？』若師者，智慧淵深，風規峻肅，機鋒捷出，迅疾如神，箭鋒相拄，間不容髮。非樹大法幢、施大鉗錘，不足以聳動山靈，攝服萬衆。若不能抱逸格之禪，無有敢闖其門者。師因道臘漸高，切念祖庭，預以院事付弟子超樂領攝，無何膺疾伏枕。癸亥四月二十五日，呼諸弟子曰：『法門擔子，須要辦取實心，護持大道，俾心源一滴，永遠流通，方爲當家種草。歿後，若請諸方封龕，又向須彌安鼻孔乎？祇移龕至法堂，三七日茶毗。』至五月三日子時，命浴趺坐説偈云：『七十五年，空花水月。末後全提，虚空迸裂。』一喝而逝，正襟危坐，面目如生。三七付火，舍利如珠，金剛正眼，斯爲明驗。遠近法子，扶龕入金山。師於此山，拓開法窟，惠澤獨深，堅請靈蜕，留山建塔。遺命營窣堵於五峰山，紹隆寺之西北隅。

嗚呼！師以夙植上根，屢徵異夢，故於靈山付屬，朗朗分明。雖操持嚴峻，而虚己接人，誘掖不倦。當代宰官如金相國、吴漕督、蔣太史虎臣、張銓部公選、笪侍御在辛、杜兵憲子濂諸公，莫不景仰皈依，互相酬答，如玉帶鎮山故事。一時傳法高流，遍滿南北。今上召見之香林净公，即師之嫡子也。著述有《心經説通》一卷、《語録》若干卷并《金山志》行世，《宗門統要》若干卷未梓。

銘曰：維師降生，金神顯應。天界上根，胸羅慧鏡。三歲陟屺，誰遣病魔。僦食聽禪，朗誦高哦。秣陵至止，曷勝惆悵。佛即我心，乃參無相。帖括何補，遍歷名藍。茫茫宗旨，錘煉心肝。扶櫬歸來，爰及江滸。神語林中，真禪伏虎。鐙傳南澗，化洽金山。天隆揭日，鐵甕回瀾。大振宗風，法幢高竪。正脉流通，信施駢至。優曇應瑞，來作法槎。大啓城闉，靈轉心葩。偉德豐功，祥臨勝地。徹星松寒，苦心月霽。敷揚法藏，締構開天。一念澄徹，如中泠泉。去住不著，龍湫噴薄。當前畢現，竪義嶽嶽。爰辟虚閣，載創飛楹。建立龍拱，丹艧霞蒸。棒駭金剛，喝通天籟。建瓴懸河，辯才無礙。抉佛心髓，金斷石穿。道敵生死，學無中邊。如龍起潭，任蛇燒面。萬指躋蹌，神以夢現。宰執聆法，香花滿空。泊然滅度，大智玲瓏〔一〕。擇日荼毗，舍利如雨。夜夜晨鐘，潮來日起。永昭靈塔，自在行歌。悠悠千載，曠劫不磨。

【校勘】

〔一〕神以夢現……大智玲瓏，趙輯本原無，據《金山志略》補。

書

上府公辭徵辟啓

今上應符御世，盛德嗣興，英睿異常，思宣大化。兩歲以來，屢下求賢之詔，訪諸故老，搜揚潛逸，普天率土，稱爲美談。夫旌德導才，固治道之所先；而崇表隱淪，亦聖明之所尚。方今六寓既寧，豹豕消迹，亦宜振起道義之徒，因敦流遁之弊，所以見朝廷激發人才之意，培養仕籍之光也。某自愧蹇劣，伏在窮野，竟無一德可嘉，一長可述，屢辱薦剡在門，徵求再四，深慚空谷之音，難冒中林之望。台臺必欲垂注，是滋有識者之所議，而生民之所深加嘆息者也。況不肖一介寒儒，窮年抱病，學術無素，舊忝近侍之名；經濟未嫻，終慚殿陛之職。上有老母，年逾九十；下無兄弟，形影孤單。母當中年無子，每自涕垂於午夜；今雖白頭無恙，應憐日薄於西山。眷戀餘生，藜藿之羹可供；相依爲命，鼎食之養難邀。誠恐抱恨於終天，甘心牖下；自愧無裨於盛世，敢望殊恩。伏乞俯鑒微情，特示絶裾之戒；另行諮訪，如膺捧檄之榮。庶朝廷之曠典，不致濫施；而輿論之公推，或當别及。特此再叩，銘勒非常，倘荷鑒原，無任言謝。

示坤貽恒貽書

士君子，貴有所積也。積之厚者，不溢其氣，不大其聲，不滿其量。處治世，則無所不建立；處亂世，則沈抑以避禍，静默以求全。其避禍也，猶夏之避日；求全也，猶冬之就温。苟其不然，將敗而不振也，必矣。故立身之法，在堅吾户，弆吾迹，使人無由相接，以蹈淫非之地，則奸遁逾越之徒，自相遠，而不得與之謀，害亦無自而生，是其所積者，善也。積也者，重其所藏也。若積粟斛許，行千里則有飢色，國無二年之積，漸及小凶，小凶三年而大凶，大凶則不止有飢色，衆有遺莩矣！古之王者善積，積惟士惟民，霸者善積，惟地惟兵，衰亡之主亦善積，積惟婦女珠玉，故聖人必積其所積，而况庸人乎？庸人之患，在志不明，志明則業明，業明則本末自見。汝輩觀吾此書，亦宜知所積矣。

書後

題先曾大父贈汝旦是何行後

曾人父東川公，甫弱冠，登賢書，閉户攻經史，因致病不起者，二十餘年，遇異人得痊。服官時，廉潔自愛，受欽賞，觸權貴罷歸。晚年工詩律書法，縱横不群，絶無俗氣，堪爲楷模。偶翻遺笥，得是卷，謹題後，藏之家廟，垂示後人，永爲至寶。不肖曾孫曹書，時年幾七十矣。

題先大人手書彭祖導引八訣後

此吾父五旬以前手書也。吾父少時善病，弱不能舉茗碗。嘗隨先大父學引導法，至中年豐度落落，若有仙骨，導引之術之力也。得不肖晚，有暇輒以自觀穎上帖示不肖，命日摹百字，輟當夏楚。一日吾父出，抵暮始歸，不肖輟課，吾父即引案上錐，刺不肖左掌，穎透不恕，且云：『左掌不作字，故當刺也。』是時不肖尚未成童也。迄今四十餘年，賤書雖未造古人之奥，然於晉唐諸家亦已窺見一斑矣。不肖老矣，然猶究心於諸家書法，亦猶丹家所謂『勿忘勿助，綿綿若存』之義也。總皆吾父刺掌之訓，有以致此耳。昨偶搜彭祖《導引八訣》，幸得此書，泣數十行下，捧觀不忍去手。其筆致輕逸入彀處，正在率意信手之間，濟濟時輩，皆不及也。昔王大令薄父書，謝太傅非之。吾父此書，永垂之家廟，以爲至寶，世之子孫，當知貽謀之有自云。戊申春二月，不肖男曹拜識。

像贊

袁右川先生暨淑配丁夫人遺像合贊

皎皎日月，麗於高隅。卓卓若翁，濱海結廬。温温良配，相將宴如。鹿門偕隱，水升與居。不愧賃舂，動息舒徐。鸞觴酌醴，舉碗不疏。翁能慷慨，幹托居諸。淑人佐之，里閈交譽。鼎鼎百年，賴此德輿。嘉諸在躬，淵哉太初。高風弈弈，逍遥之墟。我今仰之，不禁唏嘘。

按：趙輯本文末有小注云：『《國粹學報》六年一册。下款：射陵逸史宋曹敬題。朱白文圖章三顆：中書舍人、宋曹之印、射陵子。』

雜著

虎傅翼嘆

《周書》曰：『毋爲虎傅翼，將飛入邑，擇人而食之。』夫乘不肖人於勢，是爲虎傅翼也。勢也者，養虎之性，而成暴亂之事是也。此賢人君子之大患也。夫賢人君子詘於勢者，猶飛龍之迷於陰霧，則失其所乘也。失其所乘，雖王良之御，僅同於臧獲，伯牙之音，無别於土鼓，人且笑之，烏能日取乎千里，而求知音於子期之前哉？然則避非其智之不足，亦勢有所不可也。故賢人君子之明於機數者，未有不避虎之勢，而漫與之争者也。避其勢而不與之争，虎翼之所以空張，而食人之心，其猶未嘗滅也。嗚乎！虞人俟之矣。

歸鳥説

夫鳥之游也，必還於林，不還於林則困，還於林亦困。林之處鳥也，必以深木不林，而鳥不可栖，且無其匹。故皇皇求友，而名攻焉，皇皇求食，而患生焉。攻名者，恒欲播其患，而墮之淵，好矜人以名者，盛必失，而勝必敗，自然之數也。夫鳥之游也，意起於南而至於南，意起於北而至於北，偶然之事也，何意於名焉？名之來，無期也，嘗忌於小人，不忌於君子，亦安往而不得忌名之耻哉！鳥則曰：『死生有分矣。吾嘗雪生平之耻於小人，亦嘗生生平之耻於君子矣。』乃歸而栖諸野。

保心論

吾之生，猶木也，吾之立吾身，猶垣也。木之生，挺然而欲上者，性也。防乎蠹垣之立，疑然而不動者，質也。防乎隙性有所偏，蠹將伺焉。木雖蠹，無勁風不折，質有所偏，隙將乘焉。垣雖隙，無暴雨不壞。古人云：『攻趙者，燕也；攻燕者，趙也。』夫燕之能攻趙，趙之能攻燕也，實燕趙之自爲攻也。猶之族秦者，秦也，非楚漢也。燕趙之自爲攻，猶爲木與垣之蠹與隙。秦之自族，以召楚漢之兵，則木與垣之勁風暴雨也。然則，植木與垣者，可不慎乎哉！我故曰：無根而固者，心也。吾保吾心，誰將害焉？

盛世無豪貴論

人之事豪貴，猶之媚權度也。夫權與度，所以明經重長短之數也。數爲千鎰，權不得而萬之；數爲萬鎰，權不得而千之；數爲尋，度不得而丈之；數爲寸，不得而尺之。輕重長短之自爲量，而權度不能爲之多少。其數也，人之媚之無益也。知權度之不可媚，而豪貴又烏足媚哉？故賢君在上，臣子不私於爵，貨財不施於吏，所以明法也。法明，則無豪貴之族矣。管子曰：『至平而止。』焉用媚之。

周將軍泥刀殺逆子記

宜興東村，郭氏子，素不孝母，左右村落咸以逆子呼之。一日，母自田間晚獲歸，温釜中水，將就浴，時逆子與婦，俱從田間歸。母緩浴，便過鄰家，置繦褓兒於浴器中乳之。乳畢，兒酣睡移時。母還，取釜中水入器，誤傷器中兒，然猶可救也。逆子怒甚，欲殺母，母懼，潛奔女家。次日，逆子至，索母急，女不敢匿。母行，逆子後，懷刃將殺母於中道。道傍有關帝廟，忽周將軍泥身出，持刀逐逆子。母驚回視，逆子已身首異處於廟前矣。行人争視，泥刀血痕尚濕，異哉！將軍泥身，至今立廟外。里中人即於廟外祠之，以警天下之爲逆子者。

鬼孝子傳

海寧陸冰修述閩中高雲客之言曰：其鄉有鬼孝子者，生七八歲，父亡於外，家無宿糧，孝子即能以力養其母，俾母安其室而無他志。將束冠聘某氏女，未及娶，孝子忽以疾死，自是母無所依。有鄰人某者，將娶之，謂媒者曰：『若之夫久相失矣，若之子又卒亡矣，若之家無二尺之童且無衣無食矣，若其何以自終乎？予欲與若偕老，若其許之乎？』

媒者悉以告其母，母將許之，孝子是夜忽聲作於室，嗚嗚然環榻而告母曰：『兒雖死，兒心未死也，兒與母形相隔，魂相依也。鄰人欲奪吾母，母遂將從之乎？』母驚哭曰：『失身豈吾素志，始汝父死，賴有汝，汝死，吾復何賴？汝爲我謀，我何以生？』孝子曰：『兒之生，曾以力養吾母，亦曾以餘力聘某氏女，兒不幸早喪，母無所依，某當歸吾聘資，爲母生計。』母曰：『如不應何？』孝子曰：『兒當語之。』是夜，果見異於某家，某倍償前資，以歸其母，母以是自給。

三年許，資盡，母復呼孝子之魂而告之，孝子曰：『吾兒鬼矣，烏能復以力養？』孝子曰：『母〔一〕當市中語擔者曰：「爾倍平日所擔，吾兒當佐入。」』母果入市語擔者，擔者曰：『若兒死矣，烏能佐吾擔？』其母曰：『請試之。』擔者果增以倍，孝子陰佐之，擔者疾走如平日。因以所獲錢穀，歸半於其母，孝子日佐無間，母以是自給至老。

嗚呼！孝子當父死後，能盡孺慕之孝，以養其母，俾母安其室而無他志。迨身死後，復能精魂周旋其母，俾母獲全生平之節，而且以死力佐擔養母，以至於老，豈非孝子之爲德，非死之所能間乎。爰記其事而傳之。

按：張潮輯《虞初新志》卷六亦載。

【校勘】

〔一〕母，趙輯本誤作『吾』，據《虞初新志》卷六改。

義猴傳

建南楊子石袍告予曰：吴越間有卷髯丐子，編茅爲舍，居於南坡。嘗蓄一猴，教以盤鈴傀儡演於市，以濟朝夕，每得食與猴共，雖嚴寒暑雨，亦與猴俱。相依爲命，若父子然，如是者十餘年。丐子老且病，不能引猴入市，猴每日長跪道旁，乞食養之，久而不變。及丐子死，猴乃悲痛旋繞，如人子擗踴狀。哀畢，復長跪道旁，凄聲頫首，引掌〔一〕乞錢，不終日得錢數貫，悉以繩錢入市中。至棺肆不去，匠果與棺，仍不去。伺擔者，輒牽其衣裾。擔者爲舁棺至南坡，殮丐子埋之。猴復於道旁乞食以祭，祭畢，遍拾野之枯薪，廩於墓側，取向時傀儡置其上焚之，乃長號數聲，自赴烈焰中死。行道之人，莫不驚嘆，而感其義，爰作義猴冢。

按：張潮輯《虞初新志》卷一亦載。

【校勘】

〔一〕掌，趙輯本誤作『嘗』，據《虞初新志》卷一改。

會秋堂文集卷二

專著

書法約言

總論

學書之法，在乎一心，心能轉腕，手能轉筆。大要執筆曰緊，運筆欲活，手不主運，而以腕運，腕雖主運，而以心運。右軍曰：『意在筆先。』此法言也。古人下筆有由，從不虛發；今人好溺偏固，任筆爲體，恣意揮運，以少知而自炫新奇，以意足而不顧顛錯，究於古人妙境，茫無體認，又安望其升晉魏之堂乎！凡運筆有起止一筆一字，俱有起止，有緩急緩以會心，急以取勢，有映帶映帶以連脉絡，有回環即無往不收之意，有輕重凡轉肩過渡用輕，凡畫捺蹲駐用重，有轉折如用峰向左，必轉峰向右，如書轉肩，必内方外圓。書一捺必内直外方，須在左折之妙，方不板實，有虛實如指用實，而掌用虛，如肘用實，而腕用虛，如小書用實處，而大書則用虛，更大則周身皆用虛，有偏正偶用偏鋒，亦以取勢，然正鋒不可使其筆偏，方無王伯雜處之弊，有藏鋒，有露鋒藏鋒以包其氣，露鋒以縱其神。藏鋒高於出鋒，亦不得以模糊爲藏鋒，須有用筆，如太阿截鐵之意方妙。即無筆時，亦可空手作握筆法，書空演習，久之自熟。雖行卧，皆可以意爲之。自此用力到沉著痛快處，方能取古人之神，若一味仿摹古法，又覺刻劃太甚，必須脱手摹擬，蹊徑自出機軸，漸老漸熟，乃造平淡，遂使古法，優游筆端，然後傳神。傳神者，必以形，形與心手相湊而相忘，神之所托也。今人患在空竭心力，總不能離本來面目，以言乎神，烏可得乎？古有云：『書法之要，妙在能合，神在能離。』所謂離者，務須倍加功力，自然妙生。既脱於腕，仍養於心，方無右軍習氣筆筆摹擬，不能脱化，即謂右軍習氣。魯公所謂『趣長筆短，常使意勢有餘』，字外之奇，言不能盡。故學子敬者，畫虎也。學元常者，畫龍也。余謂：『學右軍者，固無畫之迹，亦無畫之名矣。』

許甫草曰：『讀此論，如聞龜年説天寶遺事，令人感發起舞。』

又

初作字，不必多費楮墨。取古拓善本，細玩而熟觀之，既復背帖而索之。學而思，思而學，心中若有成局，然後舉筆而追之，似乎了了於心，不能了了於手，再學再思，再思再校，始得起二三，既得其四五，自此縱書，以擴其量。總在執筆有法，運筆得宜。真書握法，近筆頭一寸。行書寬縱，執宜稍遠，可離二寸。草書流逸，執宜更遠，可離三寸。筆在指端，掌須容卵，要知把握亦無定法。熟則巧生，又須拙多於巧，而後真巧生焉。但忌實掌，掌實則不能轉動自由，務求筆力從腕中來。筆頭令剛勁，手腕令輕便，點畫波掠，騰躍頓挫，無往不宜。若掌實不得自由，乃成棱角，縱佳，亦是露峰，筆機死矣。腕豎則鋒正，正則四面鋒全。常想筆鋒在畫中，則左右逢源，静燥俱稱。學字既成，猶養於心，令無俗氣，而藏鋒漸熟。藏鋒之法，全在握筆勿深，深者，掌實之謂也。譬之足踏馬鐙，淺則易於出入，執筆亦如之。

楷法如快馬斫陣，不可令滯行，如坐卧行立，各極其致。草如驚蛇入草，飛鳥出林，來不可止，去不可遏。先作者爲主，後作者爲賓，必須賓主相顧，起伏相承，疏取風神，密取蒼老。真以轉而後遒，草以折而後勁。用骨爲體，以主其内，而法取乎嚴肅；用肉爲用，以彰其外，而法取乎輕健。使骨肉停匀，血脉貫通，疏處平處用滿，密處險處用提。滿取肥，提取瘦。太瘦則形枯，太肥則質濁。筋骨不立，脂肉何附？形質不健，神采何來？肉多而骨微者謂之墨豬，骨多而肉微者謂之枯藤。書必先生而後熟，既熟而後生。先生者，學力未到，心手相違；後生者，不落蹊徑，變化無端。然筆意貴淡不貴艷，貴暢不貴緊，貴涵泳不貴顯露，貴自然不貴作意。蓋形圓則暢，勢疾則澀。不宜太緊而取勁，不宜太險而取峻。遲則生妍而姿態毋媚，速則生骨而筋絡勿牽。能速而速，故以取神；應遲不遲，反覺失勢。無論藏鋒出鋒，都要章法安好，不可虧其點畫，而使氣勢支離。

夫欲書，先須凝神静思，懷抱蕭散，陶性寫情，預想字形，偃仰平直，然後書之。若迫於事，拘於時，屈於勢，雖鍾、王不能佳也。凡書成，宜自觀其體勢，果能出入古法，再加體會，自然妙生。但拘於小節，畏懼生疑，迷於筆先，惑於腕下，不成書矣。今人作書，如新婦梳妝，極意點綴，終無烈婦態也，何今之不逮古歟！

曹秋岳曰：是論如爛漫春花，遠近瞻望，無處不發，可謂書家三昧。

魏叔子曰：『射老論書法，真如囊沙背水，惟韓信獨能。』

答客問書法

客謂射陵子曰：『作書之法有所謂「執」，可得聞乎？』射陵子曰：『非深淺得宜，長短咸適之謂乎。』

曰：『其次謂「使」，可得聞乎？』曰：『非縱横不亂，牽掣不拘之謂乎。』

曰：『次謂「轉」，可得聞乎？』曰：『非鉤環不乖，盤紆相屬之謂乎。』

曰：『次謂「用」，可得聞乎？』曰：『非一點分向背，一畫辨起伏之謂乎。』

曰：『又有「淹留勁疾」之法，可得聞乎？』曰：『非能速不速，是謂「淹留」；能留不留，方能「勁疾」之謂乎。』

曰：『不可使狀如運算子，大小齊平一等，可得聞乎？』曰：『非分布不可排偶，體勢不可倒置，各盡其字之真態之謂乎。』

曰：『又有「體用兼收，脱化無我」，可得聞乎？』曰：『非要領了然，意先筆後，導之如注，頓之若山，電激龍飛之勢，雲崩獸駭之行，無所不至之謂乎。』

曰：『又有「蹇鈍滑突之弊」，可得聞乎？』曰：『非以狐疑，而故作淹留，以狼藉而故稱疏脱之謂乎。』

曰：『如「巨石當路，枯槎架險」，可得聞乎？』曰：『非姸姿不足，體質猶存，有意剛方，而終爲强項之謂乎。』

曰：『如「秋蛇纏物，春林發蘂」，可得聞乎？』曰：『非骨氣相離，專事柔媚，存心紆緩，而終爲俗胎之謂乎。』

曰：『又有「脱易不收，輕瑣任意，全無紀律，隨手弊生」，可得聞乎？』曰：『非失於規矩，流於酬應，撓於世務，染於俗吏之謂乎。』

曰：『善哉言乎，願請其詳。』

曰：『書法之要，先别乎古今。今不逮古者，古人用質而今人用姸，古人務虚而今人務滿。質所以違時，姸所以趨俗，虚所以專精，滿所以自畫也。予弱冠知學書，留心越四紀。枕畔與行篋中，嘗置諸帖，時時摹仿，倍加思憶，寒暑不移，風雨無間。雖窮愁患難，莫不與諸帖俱。

復嘗慨漢、晋以逮有唐，諸先正已遠，無從起而質問。間有所會，或亦茫然。所謂功力智巧，凛然不敢自許。大約聞之古人云：運用之方，雖由己出，而規矩所在，必從古人。學規矩則老不如少，思運用則少不如老。老不如少者，期其可勉；少不如老者，愈老愈精。又要於竿頭進步時，得取勢取致之妙。非勁利不能取勢，非使轉不能取致。若果於險絶處復歸平正，雖平正時亦能包險絶之趣，而勢與致兩得之矣。故志學之士，必須到愁慘處，方能心悟腕從，言忘意得，功效兼優，性情歸一，而後成書。』

客退而書諸紳。

射陵逸史曰：『兹篇作問答語，間用《筆陣圖》與《書譜》成句，非褎取也，不過假此以爲注疏，俾志學之士，一見了然，豈不快歟？

湯惕庵曰：讀此文，深作體貼，學問功夫次第與鍛煉人品之法，總歸於剛柔合德，身世咸宜。字字可作泛海指針，不止學書法而已。

論作字之始

伏羲一畫開天，發造化之機，而文字始立。自是有龍書、火書、鳥書、蟲書、龜書、螺書、蝌蚪書、鐘鼎書以至虎爪、蚊脚、蝦蟆子，皆取形而作書。古帝啓萌，倉頡肇體，嗣有六書，而書法乃備。史籀從此變爲而大篆，李斯又變爲小篆，王次仲又變爲八分，程邈又變而爲隸書，蔡邕又變而爲飛白。飛白者，隸書之捷也，隸書又八分之捷也。八分減小篆之半，小篆又減大篆之半。去古漸遠，書體漸真，故六義八體既行於世，而楷法於是乎生矣。

論楷書

凡作楷，須先令字内間架明稱，得其字形，再會以法，自然合度。然大小繁簡，長短廣狹，不得概使平直如運算子狀，但能就其本體，盡其形勢，不拘拘於筆畫之間，而遏其意趣。使筆筆著力，字字異形，行行殊致，極其自然，乃爲有法。仍須帶逸氣，令其蕭散；又須骨涵於中，筋不外露。無垂不縮，無往不收，方是藏鋒，方令人有字外之想。如作大楷，結構貴密，否則懶散無神，若太密，恐涉於俗。作小楷，易於局促，務令開闊，有大字體段。易於局促者，病在把筆苦緊，運腕不靈，則左右牽掣；把筆更要虚掌懸起，而轉動自活。若不空其手掌，而意在筆後，徒得其點畫耳，非書也。總之，習熟，不拘成法，自然妙生。由唐以書法取人，專務嚴整，極意歐、顔。歐、顔諸家，宜於朝廟誥敕，若論其常，當法鍾、王及虞書《東方畫贊》《樂毅論》《曹娥碑》《洛神賦》《破邪論序》爲則，他不必取也。

論行書

凡作書，要布置，要神采。布置本乎運心，神采生於運筆，真書固爾，行體亦然。蓋行書作於後漢劉德昇，鍾繇亦善作行書，所謂行者，即真書之少縱略後，簡易相間而行，如雲行流水，穠纖間出，非真非草，離方遁圓，乃楷隸之捷也。務須結字小疏，映帶安雅，筋力老健，風骨灑落。字雖不連，而氣候相通；墨縱有餘，而肥瘠相稱。徐行緩步，令有規矩；左顧右盼，毋乖節目。運用不宜太遲，遲則癡重而少神；亦不宜太速，速則窘步而失勢。布置有度，起止便靈；體用不均，性情安托？有功無性，神采不生；有性無功，神采不變。若心不疑乎手，手不疑乎筆，無機智之迹，無馳騁之形。要知强梁非勇，柔弱非和；外若優游，中實剛勁。志專神應，心平手隨；體物流行，因時變化。使含蓄以善藏，勿峻削而露巧。若黄帝之道熙熙然，君子之風穆穆然。如此作行書，斯得之矣。又有行楷、行草之别，總皆取法右軍《禊帖》、懷仁《聖教序》、大令《鄱陽》、《鴨頭丸》、《劉道士鵝群》諸帖，而諸家行體次之。

論草書

漢興有草書。徐鍇謂張并作草，并草在漢興之後無疑。迨杜度、崔瑗、崔寔草法始暢。張伯英又從而變之，王逸少力兼衆善，會成一家，號爲『書聖』。王大令得逸少之遺，每作草書，行首之字，往往續前行之末，使血脉貫通，後人稱爲『一筆書』，自伯英始也。衛瓘得伯英之筋，索靖得伯英之骨，其後張顛、懷素皆稱『草聖』。顛喜肥，素喜瘦。瘦勁易，肥勁難。務使肥瘦得宜，骨肉相間，如印泥畫沙，起伏隨勢。筆正則鋒藏，筆偃則鋒側。草書時，用側鋒而神奇出焉。逸少嘗云：作草令其筆開，自然勁鍵，縱心奔放，覆腕轉促，懸管聚鋒，柔毫外托。左爲外托，右爲内伏。内伏有度，始爲藏峰。若筆盡墨粘，又須接鋒以取興，無常則也。然草書貴通暢，下墨易於疾，疾時須令稍緩，緩以仿古，疾以出奇。或斂束相抱，或婆娑四垂，或陰森而高舉，或脱落而參差，勿往復收，乍斷復連，承上生下，戀子顧母，種種筆法，如人坐卧行立、奔趨揖讓、歌舞蹁躚、醉狂顛伏，各盡意態，方爲有得。若行行春蚓，字字秋蛇，屬十數字而不斷，縈結如游絲一片，乃不善學者之大弊也。古人見蛇鬥與擔夫争道而悟草書，顔魯公曰：『張長史觀孤蓬自振，驚沙坐飛，與孫大娘舞劍器，使得低昂回翔之狀，可見草體無定，必以古人爲法，而後能悟生於古法之外也。生悟於古法之外，而後能自我作古，以我立法也。

射陵逸史曰：作行草書，須以勁利取勢，以靈轉取致，如企鳥跱志在飛，猛獸駭意將馳，無非要生動，要脱化，會得斯言，當自悟耳。

王青岩曰：合真行草三論讀之，從思入，從悟出。逢源之妙，難以形求；不測之至，難以知喻。幾幾乎得無所得，忘無所忘，與天游，與神化。其實是苦心密諦，啓迪來學。卓爾躍如，能者從之。幸無負此老婆心哉！

查伊璜曰：作書不法古人，猶兵家之無旌旗壁壘也，何以克敵乎？射陵作書，全是老將用兵，若胸中本無壁壘，又安能了然於口與手乎？

按：趙輯本文末有注出處云『冒廣生《楚州叢書》』，故此文以《楚州叢書》本爲底本録入。又，此文亦見於漲潮輯《昭代叢書》卷三十五。

附編

題蔬枰詩

蔬枰　依韵答贈，作於丙辰臘十一日

杜濬杜陵

荆高去後絶悲歌，予汝相逢意若何。仲子灌園同調少，幼安穿榻客愁多。偏携泓穎栖蕭寺，豈逐輪蹄過大河。棋局紛紜吾道是，知君終不老岩阿。

按：趙輯本末有按語云：『按：此詩未收入《瓊台會稿》。一下款「射陵先生兼政」。』

松菊猶存

王武號忘庵，震澤人

九月霜楓白雁過，柴門松影葉聲乾。須知采菊看山罷，獨把一杯塵網寬。丙辰長夏，射陵先生屬圖并題博笑。

又

梅清字淵公，宣城人

松根儼孤立，偃仰屐須停。笑我添枝葉，還留連眼青。末書：『《荷鋤圖》中有松根，無松葉，射陵先生屬爲補之，附題二十字。瞿山弟梅清。』

又

爲宋子射陵中翰賦二十韻

歸莊字玄恭，昆山人

南山曾種豆，東陵亦種瓜。時至落其實，取給願不奢。亦或栽杞菊，食苗兼采花。春韭與秋菘，佳味還足誇。試問藝植法，略亦同菑畬。阡陌雖横從，行列無欹斜。望之似棋枰，方罫儼交加。淮北有宋子，詞翰富才華。良田在紙墨，亦復示桑麻。名圃以其形，高韵良可嘉。一枰有戰争，鼙鼓空中撾。閒人從壁上，觀彼狋吽呀。動静判生死，局變定嘆嗟。嘗聞爛柯事，樵子忘還家。上界絶腥膻，化國無塵沙。鼠壤作仙山，局外從囂嘩。烹藻進高堂，甘旨同豚豭。令伯烏鳥情，陳詞謝安車。愛人當以德，勸駕毋乃差。莫笑狂夫言，痼疾在烟霞。時詔舉山林隱逸，江南撫臣以宋子應詔，令郡縣敦遣，昆山弟歸莊具草呈。

又

李模號灌溪，長洲人

閑居鄙野足沈淪，自古貞修慣得貧。葅艾茹薇能食力，分畦闢壤自經綸。元纁峻却風規遠，碧落高垂藝苑尊。好倚桑根咏粱甫，漫憑寒菊媚幽人。奉爲射老道翁題祈正。

又

紀映鍾字伯紫，上元人

蔬枰與隰西，皆淮上隱君子著書學道之地。予隰西有詩，而蔬枰缺然，中心念之十餘年矣。主人固簡出，丙辰忽來真江，出示輿圖，澹懷有觸，率爾成詩，時中秋日也。

學圃閑教畫作枰，荷鉏長日種蕪青。雨暘事有真經濟，石室人歸隱姓名。饒寄琴書娱甫里，誰將物色到雲卿。勢同時異懷龔陸，對爾徒深故老情。

又

冒襄字辟疆，如皋人

莽莽乾坤白日寒，高人畫圃弄雙丸。息機抱甕留全局，拂袖携鉏憶覆盤王粲覆棋重整，一子不差。聊爲親朋憐小摘，任他霜露自凋殘。枕流吾亦師蔬水，忠孝從君乞火丹。蔬枰詩，應射陵先生教，并求郢正。

又

侯汸字記原，嘐城人

分明一幅水田衣，别字蔬枰世所稀。經界正時渾似井，溝塗通處盡成圍。年年歲歲耰鋤事，雨雨風風殺活機。倘去長安看棋局，不如閑著占先機。癸丑立冬日，射陵先生命賦蔬枰呈正。

又

李清字映碧，江蘇興化人

悠游野服種園蔬，捧檄曾爲却聘書。正似幼安居海上，忘情軒冕自揮鋤。蔬枰詩，應射老年翁命呈正。

又

魏禧字冰叔，寧都人

藝蔬亦有道，菜窩植韭以爲君；治圃亦有法，縱横不亂如部軍。重後輕前謝機智，一心負缶何殷勤。種之貴土宜，遷於其地弗能爲；用之貴及時，先時不熟過時萎。即比經物有深理，聖人何以小樊遲。我本南州士，常游東胡曲。雲卿廢圃至今傳，歲歲東風春草緑。宋君篤終養，書法詩篇自倜儻。但今堂上白髮九十餘，彤管門前立□復幾兩。嗚呼！人生顯晦自有真，古之小人今大人。試看蔬坪霜雪後，青菘黄韭何畇畇。寧都同學弟魏禧手稿。

又

鄧漢儀字孝威，泰州人

謝秩匿茅檐，蕭條永高寄。雅懷耽蕨薇，盤餐耻豐膩。荷鋤芟草萊，乃獲溝塍利。縱横十畝間，一一見標置。儼若黑白分，遂殫經營智。藝植既有方，灌溉寧辭瘁。夜雨過前溪，喜見嘉蔬莳。豆苗見已肥，瓜瓞何多類。采掇供高堂，竊副賢母志。翻笑古高流，割鷄太矜異。斯人真我師，不舍青門地。願結沮溺交，抱甕終吾事。辛亥夏日，客邗上，射陵先生以蔬枰詩屬和，漫成博政。舊山農鄧漢儀拜稿。

又

余思復盧溪人

射陵先生厭食肉，開園種蔬如種竹。瓜畦芋區類棋枰，夜雨春風迸新緑。先生豈是老農夫，先生門外有安車。家有老母不肯去，烹蔬奉母情如何。富兒蒭豢常没齒，客愛清蔬或有以。君不見三吴自昔稱豪華，市上書師長索米。射陵宋先生示我蔬枰畫，及諸公題詩甚衆，僕亦漫成一首，聊爲笑爾。盧溪余思復書。

又

宗觀字定九，廣陵人

畊鑿烟霞少結鄰，豆苗菜甲一畦勻。先生自愛青門住，强被人呼宋舍人。九辯辭成足晏眠，驚聞幕府詔書宣。有官敢即稱高卧，奉母柴門萬事捐。

逍遥蔬圃似棋枰，勝負多緣局内生。試□桔槔休布子，旁觀兩眼甚分明。荷鋤抱甕半生間，招隱淮南大小山。却怪向來清癖累，顔書脱腕播人間。題射陵先生蔬枰詩，并求教正。廣陵宗觀具草。

又

李沂字艾山，江蘇興化人

久謝朝簪學隱淪，忽逢海内又風塵。請看短服揮鋤客，可得常爲局外人。同學弟李沂具稿。

又

李瀅字鏡石，江蘇興化人

射州有賢士，早歲侍明光。一朝仰丘壑，垂釣東海傍。荏苒三十載，汲古窮縹緗。紅藥爛淮浦，邂逅偕咏觴辛卯初夏，李叔則先生社集淮陰紅藥亭，同與倡和。惜别駒隙馳，鬢髮各已蒼。日落水曾波，美人天一方。竭來甓湖畔，風雨話對床。示我懷袖詩，離思寄屋梁。贈我數束書，放筆傍茅堂。更出蔬枰圖，開帙盈寒香。先生味道腴，野服過林塘。晚菘與早韭，雜蒔三五行。當春疏流泉，經秋裛新霜。此中獨往意，倚伏兩相忘。學稼又學圃，先民遺訓長。織屨有仲子，賣藥傳韓康。何如狎雲景，偃仰搴孤芳。我讀柳州記，石枰羨徜徉。只今作息間，跬步見羲皇。世事争蠻觸，吾道羞迷陽。鸞鳩亦奚爲，决起惟榆枋。會當駕扁舟，枰蔬任飽嘗。東皋并植杖，即此同柴桑。丁卯春暮，射陵先生過秦郵，留連旬日，出蔬枰圖屬題，輒賦求正。陽山同學李瀅。

又

閔麟嗣字賓連，揚州籍，黄山人

逃命甘圃隱，海畔自行歌。阜帽觀書外管幼安與華歆共鋤菜地，管遇金不顧，用割席分坐事，千載而下，知不愧也，長鑱托命多。力葵心獨苦，剪韭客同過。借問耕岩叟，辛勤更若何。宣城沈眉生先生，三十年躬操耒耟，暇則聚徒講學，海内一人，畊岩之名，足不朽矣。蔬枰詩一首，爲射陵道長先生賦，并正。黄山弟閔麟嗣。

又

柳堉字公韓，上元人

陶令風流歇，先生愛築場。閉門聊自局，畫地示多方。薄俗腥羶美，清齋苜蓿香。長鑱如久把，種秫莫須商閉門用泄柳事，喻辭辟也；畫地用充國事，喻籌略也。射陵先生索余畫蔬枰圖，復閱此卷，俚句請政。白門同學小弟柳堉。

又

陶澂字季深，寶應人

自荷長鑱學種蔬，紛紛荆棘賴芟除。人間多少投閑地，何必墻東是隱居。却聘原非捧檄人，甘心蔬水日娱親。從今一行傳東海，不獨深山有逸民。射陵先生屬題，并正。白田陶澂。

又

陳台孫字階六，山陽人

一鍤隨身望八荒，耕雲鋤月樂洋洋。性因辛辣宜薑味，天與風霜飽菜香。眼底紛紜懸黑白，意中經理畫圓方。棲遲十畝非孤憤，雜咏田園寄興長。丁巳初冬，爲射陵先生舊好題。山陽弟陳台孫。

又

梅清字瞿山，宣城人

蔬枰長嘯客，應是古之狂。軒冕性何有，溪山道不忘。老當花果健，秋煮菜根香。我亦甘潦倒，將歸卧墨莊。題蔬枰荷鋤圖，就正射陵先生，時癸亥八月，同客秦淮南闈中。瞿硎同學弟梅清拜手。

又　　震道人名籍待考

久矣忘軒冕，曾聞却聘書。息機非爲隱，抱一得真如。誰識蔬枰意，能栽月月花。試看荷鋤去，遮莫入烟霞。題贈射陵老盟伯。

又　　丘象隨字季貞，山陽人

學圃非君意，高懷抗野居。分畦留正直，行灌見蕭疏。青蔓延書架，黄花逼臥廬。紛紛塵外者，肉食竟何如。

其二

一出青山外，那看回首望。風塵棋局變，世味菜根長。甘旨供藜藿，饔飧倚芋薑。荷鋤聊自適，金礫淡相忘。

其三

無復不平意，悠然插短籬。佃漁將共放，羔雁亦何爲。清福酬三揖，野香足四時。夏畦非是病，肯賤老場師。

其四

我亦安耕鑿，衰年局未終。顧榮戀江水，張翰憶秋風。抱甕忘機是，投柯坐隱同。于今輸一著，至樂矢其中。蔬枰四律，爲射陵道長兄，同學弟丘象隨。

按：趙輯本末有按語云：『按：此詩與張瑟卿所藏絹本稍有異同，校記於下：第一首第二句作「高踪與世疏」，「分畦留正直」作「分畦留畛域」，「行灌見蕭疏」作「三徑立邱墟」，「青蔓延書架」作「草葹垂書架」，「黄花逼卧廬」作「花藤纏卧廬」，「紛紛塵外者」作「此中問生理」，「竟」作「較」；第二首首句「一出」作「竟老」，「那看」作「重堪」，「供」作「終」，「倚芋薑」作「自桂薑」，「荷鋤聊自適」作「一鋤渾負穩」，「金礫淡」作「金土徹」；第三首第二句「悠然插」作「遮藏賴」；第四首「抱甕忘機是」作「世久柯同爛」，「投柯坐隱同」作「機還甕并空」。以上録自宋繼輝（文燦）於光緒丁酉歲二月手抄本。』

蔬枰圖詩爲宋射陵作二首

王士禛漁洋山人，新城人

相逢射陵叟，獨見古人心。解作一生事，蕭然三徑深。忘機成老圃，抱甕偃空林。銅輦他年夢，依依直到今。

黄海有逋客，敝衣不掩脛。落筆擬營丘，雲泉極幽映。寫作蔬枰圖，迹與輞川競。林端數帆遠，烟外寒溪净。多君歲寒心，此意堪持贈圖是程穆倩畫。

按：趙輯本原僅録第一首，詩題作『蔬枰圖詩爲宋射陵作』，并注出處云『《漁洋山人精華録》卷六』。王士禎《帶經堂集》卷十八所載爲《蔬枰圖詩爲宋射陵作二首》，録詩兩首，今據此補録詩題與全詩。

蔬枰詩爲宋份臣作 蔬枰圃名

孫枝蔚字豹人，焦獲人

田足邵平瓜，山多周顒廖。何如庾郎韭，一味不言少。救時七尺軀，揮鋤復荷蓧。來往惟漁樵，悲歌正燕趙。茹荼遇誠艱，烹茶樂不小。

按：趙輯本詩末注出處云『《溉堂集》』，今檢孫枝蔚《溉堂前集》（康熙刻本，《續修四庫全書》第一四〇七册），此詩見於卷二。

同胡天仿飲斌臣蔬枰，賦得『清陽逼歲除』

汪懋麟字季角，號蛟門，江都人

爲客此何日，精心歲漸除。窮陰催舊臘，殘雪憶吾廬。萬感燈前集，孤懷醉後舒。停杯對朋好，春到轉躊躇。

按：趙輯本詩末注出處云『《百尺梧桐集》』，今檢汪懋麟《百尺梧桐閣集》（康熙刻本，《四庫全書存目叢書》集部第二四一册），此詩見於卷五。

蔬枰

吴懋謙字六益，雲間人

先生本事悲秋客，鎮日揮毫天下聞。青眼文章周太史，白頭蓑笠漢征君。夜鐘獨酌溪邊月，曉日新犁圃上雲。大孝歸來棄纓組，秋風蔬飦野人車。東槿編籬獨掩門，十年踪迹老孤村。春風燕子花臨户。秋水芙蓉月滿園，野客江頭懷用里。漁郎洞口隔桃園。何時得買淮陰棹，握手蔬枰共一樽。

題射陵蔬枰四首

尤侗字展成，長洲人

昔讀王盤野菜譜，香風黯淡入牙根。今朝又見蔬枰咏，恨不携鋤到鹿門。
吾愛徐州萬年少，風流放誕世人無。爲君題贈蔬枰字，只少王維作畫圖。
雨中過我水哉軒，瓜豆盈畦小草繁。堪作蔬枰附庸地，東籬端不羡西園。
老母年高正依閭，蔬枰偕隱賦閑居。漢廷莫下蒲輪詔〔一〕，不换淮陰種樹書。射陵方應隱逸之召。

按：趙輯本詩末注出處云『《看雲草堂集》』，今檢尤侗《西堂詩集》（康熙刻本，《續修四庫全書》第一四〇六册），此詩見於《看雲草堂集》卷六。

【校勘】

〔一〕詔，趙輯本原作『召』，據《看雲草堂集》改。

題宋射陵蔬枰六絶句

陸世儀字桴亭，太倉人

井字開方十字奇，栽葵種韭任從宜。廢興更代時時有，絶勝人間一局棋。

灌園小試亦經綸，動静方圓各有倫。笑倚長鑱閑立久，旁觀錯認爛柯人。

推枰斂手久藏埋，却向邱園寄壯懷。豈是塵寰無國手，到頭一著未丟開。

飽經暑雨與祁寒，抱甕終年手足酸。謀事在人天未定，幾回長嘆倚鋤看。

殺鷄供母古人欽，淡泊齏鹽那可禁。禄養不如謀善養，菜根滋味北堂心。

飯熟人間睡起遲，田園無夢到彤墀。種瓜原是東陵客，不似商山但采芝。

按：趙輯本原僅録第二首，詩題作『題宋射陵蔬枰』，并注出處云『《婁東詩派》』。陸世儀《桴亭先生詩文集》詩集卷九載爲《題宋射陵蔬枰六絶句》録詩六首，今據此補録詩題與全詩。

題蔬枰

孫一致號止瀾，官侍讀，鹽城人

泥塗混迹與偏孤，自號蔬枰老灌夫。藥果數畦懷壽母，弓旌三避得真吾。

按：趙輯本詩末注出處云『《世耕堂集》』。

沁園春

范國禄字汝受，南通人

解組歸來，故園荒蕪，吾道何依。彼中原采菽，理先式穀，小人學圃，意在因時。較雨量晴，度阡越陌，努力田間義可師。桑陰下，看飯牛老子，尚惜胼胝。　眼前世事如棋。奈當局，旁觀兩不知。念霜畦綉錯，僅多分寸，星躔布置，肯失幾希。脉望回春，暗傷零露，翦葉桃根只自嬉。憑俗流，把擲金閑論，曰是耶非。題爲射陵先生道宗，兼求教正。十山小弟范國禄。

投贈詩

贈宋射陵

錢名世字亮工，武進人

冬青蕭索遺民少，海濱寬閒存一老。睒睒晨星氣象高，華峰削翠金天杳。百年以來人事變，射陵先生眼所見。銅駝荆棘蒼鵝飛，露掌仙人辭漢殿。南都斫盡靈和柳，二月不知春甸綫。後庭花唱商女□，毳帳箽築成高宴。臺城應教秋衾客，掃迹荒村守迍賤。叢殘蠹帙過五車，石田茅屋蒼苔居。長編一卷必在手，百家諸子時畋漁。野蔬新翦濁醪熟，檐花墜雨寒窗虚。兩京舊事飽其腹，閑談涌出泉百斛。蘭臺掌故多放失，江天少微有實録。薦書急奏楊鐵雅，白衣宣至參史局。見聞覼縷談靡靡，八表十志成必速。不然土室作詩史，空想蕉園在鹽瀆。君不見永寧寺側藏書樓，寶光夜夜騰斗牛。鹿門偕隱夫何求，長君健筆思廉儔。麒椽官館來日事，那羨區區史通子。

按：趙輯本詩末注出處云：『并見《古香亭詩集》、宋犖《江左十五子詩選》卷五。』又有按語云：『雅，當作「崖」。』

寄答宋射陵

孫一致字惟一，一號籜庵，鹽城人

長安久處望鄉難，憶别何期寄羽翰。海國三年人各異，燕山六月雪猶寒。鬢眉宦迹愁中改，風雨蔬枰愁中看。臂病漸增歸思起，共君握手卧雲端。

按：趙輯本詩末注出處云『《世耕堂集》』。

贈宋大射陵

胡介字彦遠，號旅堂，錢塘人

陸離冠劍竟何成，短褐蕭條市上行。道出西州悲舊侶，天留東海乞餘生。長鑱托命真堪老，棋局中心恐未平。酌酒與君聊共飲，夜闌無奈泪縱横。

按：趙輯本詩末注出處云『《山陽藝文志》』。

發邗上寄丘四宋大，兼傷萬年少之逝

前人

二月下蕪城，桃花春水明。新楊喧浴馬，廢苑寂啼鶯。郊外無軍壘，人間賴友生。存之兼契闊，悲喜總傷情。

按：趙輯本詩末注出處云：『并見《遺民詩》《旅堂詩集》《國朝杭郡詩輯》。』

送宋大射陵還鹽城

前人

淮陰木落雁南飛，獵獵天風吹短衣。韓信城邊人落魄，管寧海上客先歸。小園雨露躬耕早，滿地江湖心事違。惆悵後期誰可定，僧寮無語定寒暉。

有客行·贈宋大射陵兼壽其母八十

前人

有客有客東海濱，抱甕灌園行負薪。園中摘蔬奉老親，白髮亦能忘其貧。蓼蟲習苦不知辛，敢道曾爲侍從臣。東海洋洋多隱淪，左有鷗林右王筠。母年八旬兒四旬，青蓮合丹顔如春。青蓮合丹顔如春，五陵裘馬同埃塵。

按：趙輯本詩末注出處云《旅堂詩集》。

中秋夜宋射陵見過

紀映鍾字伯紫，上元人

蓬藋蕭條轍少過，清言今得引懸河。閉門愛種蕪青菜，入市徒聞暇豫歌。共嘆家園鴻水遠，更憐婚嫁白頭多。卜居有地堪招隱，老我空山對碧蘿。

按：趙輯本詩末注出處云《戇叟詩鈔》。

初冬李艾山、宋射陵、宗子發、李季子、王景洲、歙洲昆繩集飲平山堂，分韵

冷士嵋字秋江，京江人

扁舟渡寒江，獨訪廣陵客。故人忻我至，呼我爲莫逆。超然謝塵煩，挾引肆游屐。晨登郭外山，山高出陂澤。松柏何欒欒，上有古人迹。古人今已往，山川尚如昔。極目眺蕪城，但感荒烟積。仰視浮雲流。冥懷曠所適，高朋接遠駕，觴咏傾日夕。良會須極歡，無爲嘆暌隔。

按：趙輯本詩末注出處云『《昭陽述舊編》』。

介宋射陵徵君

丁澎字藥園，仁和人

徵君高卧射陂雲，淮海文章朝野聞。天上少微人共仰，山中宰相自超群。非從隱節知中尉，何但書名抗右軍。采梠刈葵兼釣弋，肯將泉石易玄纁。

按：趙輯本詩末注出處云『《扶荔堂詩集》』。

冬日，巢民先生招集射陵諸子水繪園，余適他往，不與，補和

許納陛字元錫，如皋人

落日散高林，層冰結池沼。静寂似空山，歡賞出意表。言念同心人，把臂出幽島。欲步城東隅，塵務相圍繞。晚霞明絶巘，昏樹集群鳥。托迹深以遠，令名乃可保。俯仰觀古今，感嘆向清昊。生平樂琴樽，良友共傾倒。邱壑娱吾情，詩書恣吾好。寤言一何深，修名苦不早。遥想良宴會，無以抒懷抱。願爲歲寒友，春近采芳草。

按：趙輯本詩末注出處云『冒襄《同人集》』。

即事奉懷射陵徵君，兼寄紫瀾太史

釋原志字碩揆，鹽城孫氏子

天風舒卷海濤深，正想孤城夜夜音。學士經綸全局眼，徵君松菊滿園心。冀遭伯樂群無馬，趙復王郎乘有禽。鑒此會應籌出處，二人曾斷幾回金。

按：趙輯本詩末注出處云『《三峰志》』。

和宋射陵韵，贈劉赤符

孫在豐字屺懷，歸安人

元濟當年尚阻懷，一時貔虎半爲豺，巴山埋碧千秋血，蜀國啼紅萬里骸。孝子悲扶筇竹路，忠魂笑見蓼莪懷。邗江今日相逢泣，泪灑西風水一涯。

按：趙輯本詩末注出處云『《孫司空詩鈔》』。

同宋射陵、丘嶼雪飲重其齋中，次韵

尤侗字展成，長洲人

淮南有客到東吴，風雨連天泥滿塗。處士漫尋河朔飲，流民誰繪水田圖。沉雲慘澹書堂冷，灌木蕭條旅夢孤。試上垂虹亭畔望，江潮還接海門無。

按：趙輯本詩末注出處云『《看雲草堂集》』。

同胡天仿、宋份臣、張虞山、杜湘草、黄子心、程次清諸前輩暨外甥蔣荆名舟集蕭湖，遥望淮陰侯釣台

金懋禧紹興人

索居春又半，芳菲遍南陌。一葉穿城來，隨風蕩遠澤。弱柳動春晴，微波浄天碧。風日恰中和，放懷隨詩伯。把酒向長堤，遥憶垂綸客。功業委未央，側微寄勝迹。何處尋釣台，風塵留半石。侵字苔蘚深，夾岸河流射。王孫竟寂寞，漂母更誰惜。臨流感慨多，澆愁傾琥珀。迴悼入止園，黄壚悲久隔。山静鳥雀喧，亭虚蒼翠積。返景照醉顔，落霞留几席。歡呼追八達，淹留忘既夕。歸來倒接䍦，月散荒城白。

按：趙輯本詩末注出處云『《用拙堂詩草》』。

酬宋射陵過海陵對酒見懷，時余客延令

黄雲字仙裳，泰州人

分明襟帶阻天涯，佳句閑吟到日斜。江浦亂飄楊柳絮，州城半落牡丹花。同袍久別方縈

夢，白髮因貧不在家。停轄莫嫌荒陋甚，還期十日醉流霞。

按：趙輯本詩末注出處云『《桐引樓詩》』。

酬宋射陵

喬出塵字疑莽，寶應人

荻花風起白紛紛，記得歸帆帶楚雲。永夜角聲常有恨，滿樓山色信思君。海天寂寞人難合，松菊荒深秋又分。次日離心翻到極，不知何地復爲群。

按：趙輯本詩末注出處云『《詩觀》』。

依緑園偕宋大、塗周、方山分賦

朱國琦字鶴山，江蘇興化人

芳園亂石帶滄波，複閣長廊野趣多。山鳥出林迎客語，磯漁布網隔溪歌。霞邊白雪晴飛鶴，雨後青巒翠擁螺。酒罷一橈冰鏡裏，遥憐鐘盤落松蘿。

按：趙輯本詩末注出處云『《昭陽述舊編》』。

壽鄭君翔七十，兼索宋射陵書

李沂字艾山，江蘇興化人

鄭君今年正七十，體氣常佳真罕匹。我齒少君十有四，自慚鬚鬢皆蕭瑟。問君别後向何方，賣卜東西無定迹。人生窮達苦關天，有才無命終何益。如君坎壈身則康，歲歲見君好顔色。梅子青青藕葉疏，鄭君游倦還歸廬。淮陰佳士射陵子，相逢爲乞换鵝書。

壽宋射陵母九十歌

前人

淮南二月春光滿，杏花歷亂黄鸝囀。飛飛燕子入華堂，銜泥恰值珠簾捲。側聞君家有老親，登堂獻壽及兹晨。廣庭雜沓羅上賓，吹笙擊鼓烹銀鱗。九十慈顔世罕睹，况乃子侄皆鳳麟。傳家詞翰妙入神，長箋片牘海内珍。母也笑顧斑衣人，麻姑仙液頻入唇。我亦有母近八旬，晨昏菽水天樂真。願同君母歌大椿，老耳復聰玄鬢新。終身事母心意足，不羨徹侯萬鍾禄，甘住南村牧黄犢。

按：趙輯本詩末注出處云『《鸞嘯堂集》』。

歲暮感懷宋射陵

釋紀蔭字宙亭，兜率寺二世

耕海潛夫老，蔬枰却展圖。詩新近日少，墨妙一時無。華髪催殘雪，清燈照緑蕪。會秋堂下客，應已脱雙鳧。射陵詩，名《會秋堂草》，小阮謁選，應除邑令。

奉柬宋射陵徵君過院納凉

前人

高齋静懾想能閑，觀道澄懷孰叩關。片雨逗雲仍夕照，凉風入座已秋山。青苔曳屐應乘興，緑竹披襟一解顔。白社至今耆舊少，西枝莫惜仗藜還。

酬宋射陵徵君見贈原韵

前人

今古才名甚謬悠，徵君四却嘆高流。蔬枰自灑金壺汁，史局遥想白鷺洲。丹頰不因靈藥駐，新詩肯爲故人留。晨星落落嗟耆舊，海國重來泛雪漚。

讀射陵宋徵君《重入金陵》詩并却聘書、《書法約言》，復和前韵二首 有序

前人

徵君勉應于制府總裁《省會通志》，於忠節人物尤所加意，委曲爲曾石塘、徐勿齋諸公立傳。志成，辭不列名，却徵諸牘，忠厚和平，不矜詞氣，而大意凛然！求之古人，亦不易見也。

千秋漢簡事悠悠，難問清流與濁流。雒下未嘗懸客座，吴中何意感瀛洲。陳人豈藉纁蒲重，逸史寧將姓氏留。重入金陵重慨嘆，此時心迹許水漚。

禁苑修門望眼愁，何妨擊楫濟中流。陳情有日同烏鳥，耕海無田賦蓼洲。國士千秋知己

感，諸公異代古人留。蒲圖静裏觀塵劫，撥火誰能更尋漚。折股驚蛇入路悠，得心應手孰同流。前於羲畫開雙眼，好向毫端現十洲。三日斷碑忘馬駐，幾年殘管笑鴉留。約言讀罷吾何有，洗硯池頭玩泡漚。

按：趙輯本詩末注出處云『《宙亭詩集》』。

焦山和宋射陵韵

何絜字雍南，丹徒人

空江禁渡暮雲多，策杖登山意若何。絶壁何人探鶴冢，枯僧有地結雲窩。頻年戍火愁中大，萬頃驚濤定裏過。此際不須論往事，只堪相對放清歌。

按：趙輯本詩末注出處云『《滑滑閣詩集》』。

宋穉恭同門丁酉除夕侍太夫人守歲有詩，索次元韵

陳鵬年

聞説萱闈樂事繁，梅香柏酒媚盤飧。迎長早□堂前履，饋歲兼多俎上豚。鳳詔追趨方棒檄，板輿歡喜又添臻。獨慚湘澤停雲在，不及君家笑語温。

和宋穉恭戊戌元旦侍太夫人午饍元韵，時太夫人九十有九

臘月新年占上瑞，江南風景愛暄和。調羹競采三花秀，健飯欣看兩鬢皤。人待俸錢供旨蓄，天將眉壽補蹉跎。百齡計日邀宸翰，彩舞承歡更若何。

按：趙輯本詩末注出處云『《道榮堂近詩》』。

祝壽詩

王士禛字阮亭，新城人

投老射陽湖上住，捲簾秋色數峰來。金庭玉室群真宅，雲母珠塵萬壽杯。南岳夫人爲法侶，西園公子復奇才。知公袖有長生訣，内景多年駐聖胎。

董訥字茲重，號默庵，平原人

解組優游四十年，鹿車偕挽并稱賢。身同黄綺原非隱，眼見滄桑便是仙。翰墨風流西晋上，詩騷家數六朝前。書來不用催洪皓，歸及梅花介壽筵。

王掞字顓菴，太倉人

耆英海内幾人存，一老靈光望愈尊。健筆縱横憑鐵管，壯心磨耗托閑園。久從轅伏推前輩，更羡機雲屬後昆。舉案况看同皓首，楚南椿并北堂萱。

李光地字晋卿，號厚庵，安溪人

淮南徵君弈世名，漁磯深處自蓬瀛。彩毫久擅唐三絶，素履還推漢五更。膝下已堪雕鶚起，朝中屢報鳳鸞鳴。壺山更有麻姑侶。歲歲華筵奏玉笙。

李振裕字維饒，吉水人

南極星明映少微，長天寶婺更連輝。銜杯日就青山醉，舉案還從白社歸。千里驊騮争蹀躞，一庭蘭玉報芳菲。鹿車手挽同行久，今日雙栖笑彩衣。

陳台孫字階六，山陽人

射陽佳氣接層城，洛社遺風憶老成。漱石卞隨傳逸行，投雲廣樂擅時名。雄心未盡屠龍技，世德欣聞和鶴聲。佇看凌霄群玉樹，齊眉紫誥下蓬瀛。

王掞見前

地當淮海接蓬瀛，况是門風重廣平。才子青衫仍磊落，高堂白髮自峥嶸。雲開朱鳥窺窗下，座擲丹砂照眼明。百歲漸看登上齒，母儀人瑞一時并。

王澤宏官宗伯，黄岡人

聞説淮南大隱身，都忘名世閲絲綸。游梁才子高枚馬，征漢遺民老伏申。纔向瑶池清玉液，又從滄海想揚塵。遥瞻黄髮齊眉日，閲盡飛光不記春。

李鎧字公鎧，山陽人

一自滄桑賦遂初，肯隨流輩上公車。綺黄風貌巢由節，陶謝詩名褚薛書。天下友朋皆縞紵，人間耆舊獨樵漁。别來尚憶蔬枰好，三徑悠悠樂有餘。

逃名久已稱高士，偕隱還聞有逸妻。車挽園亭雙白髮，案供燈火一青藜。徐卿家自公侯積，柳母丸教姓字題。籬菊嶺梅將進酒，迴看鸞箋落金泥。

丘象隨字季貞，山陽人

近就公車拜大椿，鹿門偕隱絶風塵。盛明幾下山林詔，丘壑終藏天地春。詩且委蛇隨甲子，身前珍重守庚申。衹從此處推年壽，猶是先朝萬曆人。

吴暻字元朗，太倉人

大隱山林五十年，挽車不愧鹿門賢。孤松如此今元亮，白髮飄然昔樂天。絳帳四時傳諷咏，墨池一代起雲烟。好從淮海看佳氣，江左風流有地仙。

李蟠字仙李，丁丑狀元，徐州人

射陽佳氣正葱葱，曉日遥瞻晝錦紅。彩紬聲華多宋玉，皤顔著述羨申公。淮南高士容誰敵，海内徵君只此翁。莫向釣台誇渭叟，後車久已謝非熊。

阿翁阿母并遐齡，疑是□麻訪蔡經。庭際松筠榮四世，筵前簪紱繞雙星。人多把酒聽絲管，我却臨風憶典型。聊藉長公遥獻壽，幾回心到會秋亭。

陳元龍官詹事，海寧人

南極星臨處士家，椿枝萱草歷年華。丹崖已勒千尋石，瀛海還開并蒂花。葭管吹灰調玉歷，萸囊結佩映朱砂。郊祈膝下聲名重，五色萊衣焕彩霞。

黄叔琳

簾閣蕭閑映射湖，心如定水不興波。劉樊道術真堪并，陶翟風徽孰與多。百尺瓊枝真挺茁，千年銅狄幾摩挲。山居草漫囊雲鏁，應有風車碾翠蘿。

查慎行字悔餘，海寧人

海上蓬山山外天，老人高并婺星懸。鹿車對挽原偕隱，鳩杖同扶又十年。彩袖兒曹雙白鬢謂穉恭孝廉，紫薇家世一青氈。滄桑眼見尋常事，我識淮南地是仙。

按：趙輯本詩末注出處云『《敬業堂詩集》』。檢《敬業堂詩集》卷二十七，詩題作《淮南宋射陵先生及陸太君八十雙壽詩》。

原志字碩揆，俗姓孫，鹽城人

憶昨湖頭折葦航，斷橋積雪嶺梅香。十年我是三峰剩，四海君爲一老藏。亂後異邦人再世，閑中往事眼還鄉。此身安得如歸鳥，壽爾同吾別思長。

按：趙輯本詩末有按語云：『按：《三峰清涼寺志》「閑中」改「心驚」，「安」改「焉」。』

吴璜字姬望，山陽人

鶴南飛曲響空青，海立雲垂綉作屏。遁野黄冠遺幾老，經天紫氣列雙星。慈雲堂下蘭多茁，秋水池鯤作溟。我愛蔬枰風味别，菊英香滿凍梅馨。

王熹儒字歙洲，江蘇興化人

不接青光七載餘，年過大耋興何如。迴思緑鬢青□日，曾讀朱陵赤玉書。四海故交珍片楮，一枰春雨秀香蔬。先生古道羲皇上，翹首蒲輪款敝廬。

徐用錫字擅長，宿遷人

蓬壺深處絳雲凝，八十蹁躚二老憑。廡下幾曾歌五噫，鹿門久已謝三徵。蘇洵作賦傳蘇軾，賈至裁詩問賈曾。文福即今誰與敵，當從日月看升恒。

應説淮陽誰不群，而今東海復傳君。編摩重見杜工部，翰墨直追王右軍。子舍遞分熊膽碧，孫枝共羨鳳毛芬。我從二妙稱兄弟，遥看南山獻紫雲。

姜宸英字西溟，慈溪人

射坡深處草青青，中有幽人自注經。迹爲纁元難石遁，書從椎髻挽車聽。黄花映鬢憑兒插，玉樹當窗任鶴停。留滯彩衣休悵望，雙瞻南極老人星。

王原祁字茂京，婁東人

廣平聲舉著南州，泉石怡情歲月悠。詩句題箋推逸調，墨池臨帖浥清流。文雄薇省尊耆宿，望重雲亭謝貴游。膝下鴻儒膺鶚薦，齊眉燕喜髮盈頭。

彭始搏字直上，南陽人

爲問淮南舊草堂，蒲輪不换芰荷裳。鹿門偕隱高風迥，燕翼貽謀世澤長。一畝蔬枰甘自卧，小山叢桂有餘芳。八公秋色還無恙，鷄犬丹爐未渺茫。

廖鳳徵字越阡，雲間人

缽池山色映蒼雯，憑眺還生屐底雲。芍藥春紅吟晝永，梅花雪白賦宵分。衣冠耆舊推園綺，盤敦風流識紀群。何用流霞飲天下，劉伶台畔酒初醺。

按：趙輯本詩末注出處云『《玩劍樓詩稿》』。

贈序跋

蔬枰子集陶小序

嵇宗孟字淑子，安東人

陶無律，猶之玉無考。器無璺，美人無瘢也。蓋其得於天者全，則自然爲貴。後世雕琢表異之見興，於是玉從攻，器從繩，美人從膏沐，而天姿盡人理茂矣！昔人見魯仲連，不敢道名利二字，乃請靖節先生於食店中，而按拍唱『楊柳外，曉風殘月』，毋太苦乎？雖然人而今也，貌今人，匣今臆，蘭今友，則歌咏嚅囁，幾人能不作今語意？惟陶先生在，則掉頭不顧耳。以今人而讀古詩，不律以今調，烏乎可。昭華延喜，雖藴於山，不追琢之不售；白台閭須，望若神仙，而輔以環佩，益增搴芳之慕。由是觀之，律何傷？王子季重，既律陶，又律弈，蓋於風雅之中，稟一王之制。份臣謂弈好戰，宜退之畫地而隱焉，名其地曰蔬枰，至於陶，亦進而從律焉。份臣爲沈郎功臣，復爲靖節諍友，生今反古，其知免夫！

按：趙輯本文末注出處云『《立命堂集》』。

跋孫止瀾太史詩卷

吴綺字蘭次，延陵人

少陵之吟落月，雅憶平生；彭澤之賦停雲，願言疇昔。古人崇乎氣誼，出自性情，交相重焉，良有以也。止瀾、射陵兩先生，徵君種柳，學士班荆，同爲山澤之游，共結雲雷之契，固已清風被服，古道照人矣。乃止瀾因游寓之時，録贈遺之作，俾宋子穉恭，用爲世守。夫穉恭之繼美，誠王獻之繼王羲；而止瀾之締交，則陳群之有陳紀。詩篇贈答，情致綢繆，正足以風示來昆，追踪往哲！爰題簡末，俾教荷葉而藏；永作家珍，可比梅花之賦。

按：趙輯本文末注出處云『《林蕙堂集》』。

致書

與宋徵君射陵書

釋原志

連日正此作念，一城之隔，不得時一把晤，殊爲惘惘。春杪，陡聞有徵辟之舉，傳説紛紛，冒昧致書，實出關切之至，不能不比物引類，盡吐肝膈。若謂是北山之文，則使志芒背不少矣。蓋聞彦倫以北山爲仕宦之捷徑，徵書一到，欣然而起，致令鶴愁猿驚，故稚圭移文以絶之。今射陵徵書雖下，歲寒之松，初不曾改柯易節，世外故人，風聞其事，雖知其不然，而萬一恐其然。故爲致書，陳説利鈍，以當愚者千慮之一。所謂愛至生苦深也，豈可謂彦倫、射陵哉！且北山之檄，移於周顒既仕之後，是絶其交也；九龍之書，上於射陵辭辟之先，是欲成其交也。但使故人心迹，昭如白日，何有於此牘之存於不存哉？射陵本不出山，乃少年好事之語，敬聞命矣。俗侄愷童年携育，實有穎悟異人之資，其病在於心活不肯死，不羈劣馬，費人控勒，所以每令人致恨也。今得賢嗣時雨之化，倘不蹈前轍，是其緣也，是其福也。須令嗣穉恭來揚時，面一商之，九龍原志頓首。

按：趙輯本文末注云：『墨迹，原藏其裔宋凝祉家。』

紀事

口占四絶

查慎行

白田喬侍讀有家伶六郎，以姿技稱。己巳春，車駕南巡，召至行在，曾蒙天賜，自此益矜寵。庚午四月，余從京師南還，訪侍讀於縱棹園，酒間識之，有『青衫憔悴無如我，酒緑燈紅奈爾何』之句。時東海徐尚書、射陵宋舍人、慈溪姜西溟俱在座，相與流連，彌夕而散。去冬北上，重經寶應，則侍讀下世，旅櫬甫歸。余入而哭之盡哀，何暇問六郎踪迹矣。及至都下，聞有管郎者，名擅梨園，一時貴公子争求識面。花朝前八日，翁康飴户部相招爲歌酒之會，忽於諸伶中見之，私語西崖曰：『此子何其酷似白田家伶，蓋余向未知六郎之姓也。』西崖既爲余道其詳，竟酒爲之不樂。口占四絶句，以示同席諸君。

鬟影衣香四座傾，風流争賞米嘉榮。就中唯有劉賓客，曾聽凉州意外聲。
阿桃花外小池臺，潋灩觥船一棹開。春色滿園人盡妒，君王前歲賜金來。
一群穠艷領花曹，頭白尚書興最豪。記得送春筵畔立，酒痕紅到鄭櫻桃。
茶烟禪榻隔前塵，存殁相關一愴神。自琢新詞自裁扇，教成歌舞爲何人。

按：趙輯本文末注云：『查慎行《敬業堂集·白田風雅》引載之。』

會秋堂詩輯佚

賦祝辟翁先生少君蔡夫人

東皋有彩鳳，照耀廣陵城。求凰大江南，百歲歡同盟。德輝即以麗，韵事轉復清。淑女丹青手，閨閣真峥嶸。嘗寫雙靈鳥，寄兹伉儷情。呼酒對圖畫，噦噦聲和平。歌咏遍邗水，索畫履常盈。總由夫子賢，所以壽令名。

按：見冒襄《同人集》卷十二。

題隱犢圖

神龍安可遁，騶虎亦當衢。物變感所思，徙倚獨躊躇。翹迹懷潁陽，天地與我俱。聖哲不可覯，安能事庸愚。緬懷飲犢人，自與常流殊。志堅不可極，道大良難拘。我心將何爲，俯首慨桑榆。

按：見卓爾堪輯《明遺民詩》卷五。

修禊日登甓湖塔和韵

登高縱流目，抗迹摧羽翰。俯仰昧節候，回顧皆狂瀾。悠悠動山響，鳴禽集渚灘。惠風蕩群物，白日麗河幹。原隰舒新柳，拂霄避春寒。萬籟揚妙音，蜉蝣付草端。夕曛野氣薄，斂步尋幽蘭。禊事挹林壑，戀此平生歡。晤言不能罷，并坐重盤桓。

按：見卓爾堪輯《明遺民詩》卷五。

展重陽曲江樓登高限韵，二首之一，時同張虞山、胡天仿、程婁東、張鞠存諸君答徐武令

江外懸孤望，霜寒正日東。山連城闕秀，雲出海門紅。曉帶飛烟上，晴看宿霧融。稽亭空

極目，惆悵倚秋風。江樓望海日，風雨何曾少。茱萸不厭多，悠悠鷗鷺泛。花老更催歌，薄望秋無際，舟浮曲岸波。醉來重落帽，握手慰蹉跎。

按：録自南京博物院藏宋曹行草手卷。

題嚴顥亭都諫臯園詩十首之一

秋空尚幽獨，蕭散意何長。絶壁凌蒼翠，飛泉入混茫。天真陶静夜，道力忍堅霜。月出烏栖息，林輝繞四荒。

按：録自臺灣何創時書法藝術基金會藏品。

題嚴顥亭都諫臯園詩十首之一

臯園今始到，楓葉正蕭蕭。水近鷗穿竹，林疏月滿橋。看山宜早雪，留客赴歸潮。衆壑聲相應，清琴正寂寥。

按：録自南京博物院藏宋曹行草手卷。

九日登飛來峰

旅寺易爲别，相期到此中。衆雲如避客，萬笏總朝空。老惜登高會，山回落帽風。故鄉秋未盡，目斷晚江鴻。

按：録自南京博物院藏宋曹行草手卷。

同人登飛來峰

凌晨一登望，曉色擁孤峰。石突懸番像，藤深鎖毒龍。亂尚有神猿，雲皆早出頑。水亦歸宗窟，令爲野豕對。

江南

十載江南路，秋風再一臨。論交忘白眼，命闕見手心。笑起千山色，一生懸幾許。幽花隨處發，容易得知音。

按：録自私人藏宋曹行書斗方作品。

奉介子岩道兄尊堂査老夫人節壽

蒼天曷有極，君子棄若遺。寒冽機杼苦，門間繦褓危。爲難不爲易，兼父有兼師。泰嶽鐘靈異，年年獻玉巵。

按：録自中國嘉德國際拍賣有限公司二〇〇二年秋季拍賣會圖録。

無題

滿江夜色誰能畫，山月横江月倒挂。我今獨坐大江頭，捉筆難書江漢羞。馮夷吹水筆精動，詩成可續桃源夢。大江一夢石生蓝，蘆花幾處臨江水。棹發江心掃浪花，山根直接鮫人家。鮫人捉月月不住，浪花亂拂魚龍氣。天邊雁影吊江妃。江上魚烟斗秋霧，漁人醉起不知愁。酒酣招我下滄州，我羨漁人無顧忌，高歌古調隨天地。

按：見丘象隨輯《淮安詩城》卷三。

觀黃石齋先生臨難楷書詩卷并序

先生被逮從新安至秣陵，囹圄中，終日吟咏不輟。或寫懷，或賦景，或咏衣冠，或賦梅花，或答故人，得詩若干首。臨難時絶粒十四日，匯視作蠅頭小楷，端雅古正，一筆不苟，神色怡然，有如常日。共成兩丈許長卷。當與文山文天祥正氣歌，迭山謝枋得却聘書，并垂不朽。

我生不辰魑魅攻，江淮浪迹如飄蓬。歷盡坎坷慎出處，匣龍古劍摩蒼穹。苔花綉澁芙蓉色，劃然氣接閩海東。閩海高厓發千仞，中有異人碧落通。一代高風動寥廓，天街蹀躞聘玉驄。五雲館前知滿路，須臾變作塵土蒙。君不見萬迭燕山忽已墮，龍髯板斷鵑血紅謂莊烈帝死煤山。又不見紫金山上妖氛走謂逆闖設僞官於江南，木末亭前竄野熊。仰天嘆息復嘆息，綱常扶直欽黃公。回天倒海魚龍死，嚴嚴正氣挺孤忠。顛連慷慨不肯屈，手挐日月横太空。日馭沉淵月魄晦，多少忠貞能自雄。獨有黃公更汨烈，又復從容操化工。囹圄絶粒十四日，散步行吟仁義充。取義成仁只一念，上爲日月下岱嵩。作詩寄古伏神鬼，作字端嚴辟混蒙。蠅頭楷法正臨難，長幅大篇望不窮。驅使杜度役皇象，精神飛躍天無功。白日長懸千古恨，波下聽如不聰。王孫雜遝蔣山畔，燕子低回憶故宮。黃公精魄塞天壤，化爲碧血埋巃嵷。乘有遺墨含紫氣，月落江南驚斷鴻。我自清晨一批閲，狂來欲死醉不瞢。日夜消魂叫欲絶，神龍攫還造化翁。朱子黄子與張子謂修齡、山公、謙庵，同聲朗誦如洪鐘。如此怪物本忠烈，六宇浩氣直上翀。從來大節不泯滅，白頭慘澹生悲風。

按：録自臺灣何創時書法藝術基金會藏品。

五日過燕子磯

江上歌人采菱起，歌中挾得湘江水。聽歌不見湖中人，復上磯頭摘蒼耳。

按：見丘象隨《淮安詩城》卷八。

湖上

漢上湖源幸有天，江南所寄亦徒然。相思一片高雲色，常在寒潭芳草邊。

按：見丘象隨《淮安詩城》卷八。

題張壺山山水册

千峰萬壑繞襟期，多少閑雲憶故知。塔下瀑泉山外閣，秋風樹樹起相思。

按：見陸心源《穰梨館過眼録》卷三十。

紅橋留月

花欄竹嶼繞江橈，日日游歌夜夜簫。座上雙鬟畏消歇，及時留月上紅橋。

按：録自私人藏家宋曹行書斗方作品。

賦絶句三章爲介别意

古□横秋曆潤城，丹青一壁曉雲生。望中縹緲天俱遠，多少江聲入盤聲。

雲連丈室水相通，明月三山總映空。一座蒲團心鑒静，不知身外更何窮。

四時風雨到三山，無數靈禽去未還。莫道白雲不憶舊，年年午夜入禪關。

己巳夏五月客潤州，風雨之夜賦絶句三章爲介別意。射陵宋曹。

按：録自鹽城博物館藏宋曹行書立軸。

重入金陵之一

千峰月到晚鴉啼，曲曲朱欄海客迷。昔日侯門爲傳舍，至今猶識板橋西。

重入金陵之一，逸史宋曹。

按：録自首都博物館藏《清人册頁》。

行書守歲應制一首

玉輦臨□拔衆才，殿前銀燭照三臺。滿朝韵事千秋業，一刻鳴鷄兩歲開。御宴迎春浮玳瑁，樹盤帶臘進蓬萊。上林夜氣何寥廓，入望新書鳥篆來。

按：録自上海嘉泰拍賣有限公司二〇〇四藝術品拍賣會圖録宋曹行書作品。

淮陰釣臺

山水相逢勸酒杯，蒼生處處待調梅。深宫獨進長楊賦，前席時推賈傳才。十載晨星常入望，三江畫錦塹歸來。從容獻納□東觀，經過淮陰上釣臺。

按：録自北京榮寶齋拍賣有限公司二〇〇〇年秋季拍賣會圖録宋曹行書作品。

偕吴岱觀、吴園次、龔半千、吕半隱、柳常在、趙天羽、王茂京、宗鶴問燕集平山堂限韵一首

迭迭晴嵐對廣陵，逍遥坡磴曳烏藤。月來官閣依何遜，客滿仙舟識李膺。一路笙歌連翰墨，半生意氣爲親朋。思深六代憑欄望，興到平山醉後登。

按：録自《書法叢刊》第四九期宋曹行書七律。

客吴門聞鄉中大水

故園千里月同孤，破笠青山學腐儒。真覺歲時如過客，更聞鄉邑遠飛鳧。年年遇水皆奇孽，處處逢人説畏途。莫道滄桑不瞬息，吴宫越館只須臾。

按：録自佳士得香港有限公司二〇〇三年秋季拍賣會圖録。

晚登緑筠亭兼贈諸子

樹色淒淒海水濱，射陽城外總荒榛。春分二月消霜氣，日落千山見故人。遠宦不須多結客，卜居何必問前津。年來共有千里□，□□逢君共蕭索。

按：録自《中國書法》一九九五年第五期宋曹行草卷。

重入金陵之一

少年曾泛木蘭船，白髮相思亦惘然。昔日燕游今日夢，醒時憑眺醉時天。獨憐紅樹歸應晚，爲愛青山斷復連。避客低回懷往事，不堪蕭瑟萬峰前。

按：録自紅太陽國際拍賣有限公司二〇〇五年迎春拍賣會圖録宋曹行書作品。

無題

日出津亭散曉鴉，白門城外攬烟霞。海邊孤客纔舒眼，江上疏梅未放花。市井兒童經代謝，王侯第宅總官衙。幾回惆悵山風冷，獨醉葫蘆傍水涯。

按：録自上海博物館藏宋曹行草七律立軸。

無題

高柯千尺峙南城，緑蔭蕭疏萬壑清。神物何曾須代謝，靈根原自托天生。陰陽曆盡龍鱗剥，霜露收來海嶽平。氣接扶桑更奇古，不凋方見歲寒情。

按：録自上海博物館藏宋曹行草立軸。

無題

五夜漏聲催曉□，九重春色醉仙桃。旌旗日暖龍蛇動，宅面風微□雀高。朝罷香烟携滿袖，詩成珠玉在揮毫。會知世掌綠□美，池上於今有鳳毛。

按：見《收藏家》增刊《金陵九四秋季書畫陶藝精品拍賣會作品集》。

無題

鬖鬖雨騎倚東風，共侍宸游夾岸雄。百辟舟隨曲水上，三春輦度五雲中。樹圍寶仗浮烟綠，花滿瑶池積雨紅。芳宴群分修禊日，盛時恩渥自鴻蒙。

按：録自中國嘉德一九九四年秋季拍賣會圖録宋曹行書扇面。

會秋堂文輯佚

祝躍龍隱君暨元配張孺人六十雙壽序

歲丁卯之冬，吾友徐躍龍隱君暨元配張孺人同滿六十，邑中姻戚製錦稱壽。孫止瀾學士既爲之序，而更乞余文，書素屏以垂永久，則躍龍意也，其何能辭。記丙戌、丁亥間鄉士多故，余避地桑陵，僦舅氏之居。會表弟夏子斗岩遘患難，余左右之，嘗客淮上，遂與躍龍、止瀾訂交。其時止瀾年最少，躍龍與斗岩同齒，皆弱冠。斗岩以報父讎，幾不欲有其身。躍龍以鄉井不寧，寄迹於督漕中丞。從事之中，每酒酣耳熱，見其言詞舉動，伉直豪邁。而與人交，慎宴游，重然諾，輕解推，處心積慮，藹然一歸於忠厚長者。余雖弟呼躍龍，而心契其爲人。居無何，躍龍忽撫膺太息曰：『人以不學爲耻耳，他何足恤。古之士君子，欲建豎功名，先出爲公府掾，今豈其時哉！』於是翻然棄其所事而歸，構深柳讀書堂，手擁萬卷，坐卧其中。論斷諸史，尤多發明，筆之於書，將以傳世。燕居無事，則坐茂樹，濯清泉，日與田父野老講布帛菽粟之福，孝弟禮讓之風。其所居山村，遠近相望，翕然以一鄉不一士稱之，凡退居里門四十年矣。計初訂交時，躍龍婚未久，已稔聞張孺人治家之賢。躍龍家有大慶，必遣蒼頭刺船，招諸同人張樂設飲，十日五日挽留不厭，於其長公友克婚時爲尤盛。此後二十餘年，余與斗岩、止瀾或遠宦，或遠游，率未及偕往。今行年俱老，離群索居，時時念吾躍龍，而重有省也。方躍龍四十年前家號素封，慷慨好客，幾於豪華者流，自非其禀於天者，厚而受教於父母者深，日逐逐於尋常儕伍，幾何不汩没其情性，亦安能遂於少年時，遺世憤俗，夷然不屑其所事也，且使故國朋好無。余與斗岩、止瀾年齒相後先，聲相應，氣相求。躍龍即卓然自命，思爲讀書砥行之士，伏處郊坰，僅僅與田父野老斗酒相娱樂而無所聞，於士君子之林不亦重負乎？躍龍之偉然一丈夫哉！然則士君子之自立與友聲之臭味，蓋兩不可少也，雖然其本不在是。躍龍自承其先業以來，敦睦宗族，顧視其鄰里，其與人接也，惟恐不厚。而商賈之家有貨其貲而負之者，亦不責其報。晚年鍵關讀史，足迹不入城市，江漢間多有聞其姓字，頌其高義，慕其爲人者。然使其四十餘年來，非得張孺人理繁治劇之才，爲閨中良佐，則躍龍自内外僕僕日倉廩采鹽之是問，安得以其餘暇常對簡編尚友乎古人？即孺人才有餘，而或胸中未必通曉乎大義，則躍龍或有睦姻任恤之舉，而内無鼓舞贊襄，維持斟酌之者，躍龍亦安能左宜右有，居然成其爲一鄉之善士乎哉？則孺人之有裨益於我躍龍者，大也。今夫婦并周甲子，白首相莊，其溯生平，泰然自喜。

膝下子若孫，詩書醇謹，十數人羅列階除，騰驤雲路，以介繁祉而綏眉壽。而躍龍與孺人亦濯磨道德，澡雪精神，自天祐之，永錫難老。使人常望城南山村，佳木葱蘢，豐草緑縟，有地上仙侶爲人寰師表，自此而稀齡，而耄耋，而期頤，而不可算數，將操券而致之。余與斗岩、止瀾兒子輩當更繼續而叙述其盛，請先以是言張於筵次，而勸躍龍與孺人引滿。時康熙二十六年冬十一月既望，湯村逸史宋曹頓首拜撰。

按：録自《鹽城徐氏宗譜》卷一，上海圖書館藏道光二十六年立本堂木活字本。

童昌齡史印跋

今世去古益遠，古篆籀存者，百無一矣，况天地陵穀之變乎。吾友童子鹿游著《史印》，特法古篆，以今不足傳也。嗟乎，士固樂有可傳，若夫曠世獨立，仰追千載以上，而思見古人俯臨千載以後，而貽之來者，吾今而乃知鹿游之志。古鹽宋曹射陵。

按：録自童昌齡《史印》，康熙間承慶堂刻本。

跋吴曆孟君易行樂圖

小隱江淮，科頭野服。獨坐逃虚，徘徊岩石。榮辱若遺，襟期整肅。吹氣而春，育德而澤。方之古人，任俠之屬。優哉游哉，曠然自足。鹽瀆宋曹爲君易老道兄題。

按：見《中國古代書畫圖目》第十五册，第一五八頁，遼寧省博物館藏宋曹行書。

孝子王忱傳

君忱子茲信，庠生，性純孝。父三友與弟貢生，際寅白首同居，友恭甚篤。忱父母病，百計醫療，寢不解帶，後母卒，忱哀毁柴立，嘔血數升而殁。逾月，書閣中燕子白雛展翼而出，群燕從之，盤旋喪磁不能去，人以爲孝感所致。

按：見黄垣、沈儼主修《鹽城縣志·孝友傳》，民國石印本。

明新樂侯劉公雪舫墓記

明崇禎甲申之變，新樂侯劉文炳及其弟文耀嘆曰：『身爲戚臣，不可不殉國！』難女弟適李，年三十而寡，亦召之歸，闔門殉節。其三弟雪舫，予姻親也。女許字餘季子恒貽，聞變急自縊，繩斷不死者至再至三。祖母瀛國太夫人，年九十餘，帝外祖母也。諭之曰：『我劉氏仰承祖德，累葉貂蟬，汝三縊三墮，天必不欲絶劉氏後矣！宜急赴東宫行在，竭忠盡志，以慰先帝之靈。春野一蔬，秋田一黍，且堪拜奠於忠魂墓下也。』語畢，太夫人赴井死。雪舫遂微服出京，迨諗太子二王爲賊所得，知事不可爲，遂荒至寶應，與餘偕隱湯村，死即葬焉。餘不及修雪舫先人之墓，以慰雪舫於地下，後之人尚體餘意，歲修雪舫之墓而祭焉。其母忽因述其顛末，而爲之記。

按：見《光緒鹽城縣志》卷二，光緒二十一年刻本。

白燕贊

岡門王氏産白燕，鹽人異之，王氏子忱，字兹信，篤行士也，三十餘，居母喪，哀毁不輟，且死數日，白燕生於庭，哀鳴向寢所，如孝子狀，人謂感王氏之孝也。曩吾鄉陸秀夫負帝昺赴海死，舟有白鷴亦墜海死，感丞相之忠而死也。王氏子思母以致死，死數日而白燕生，感王氏之孝而生也。一死一生，致關忠孝，豈非扶持人倫深愧夫有忝名教者哉。贊曰：白燕之生，王氏之精瞻彼梁月，輾轉悲鳴，如泣如怨，如告其情，白鷴之死，感陸之忠，忠孝一軏，古今一誠。

按：見黄垣、沈儼主修《鹽城縣志·孝友傳》，民國石印本。

元豊縣教諭一世祖宗泰公像贊

琅玡宿學，秉鐸沛豊，隱居滄海之東。時清有待，夷吕高風。謨貽燕翼，偉德豐功。繩澠濟濟，永世無窮。後學明諸生郃臣宋曹拜題。

按：見《鹽城胥氏宗譜》卷一，民國二十五年據道光間刻本重修本。